異聞変異コロナ

外岡立人

TONOOKA TATSUHITO

幻冬舎MC

異聞　変異コロナ

プロローグ

WHO緊急会議

　2014年8月31日、ジュネーブのWHO本部20階。特別会議室で緊急会議が続けられていた。

　座長はWHO事務局長補のドクター・ホリだった。研究と臨床の両面からWHOを束ねている。

　オンラインテレビ会議だった。世界中の主要国とつながっている。WHO非加盟国の台湾も中国の推薦で加わっていた。台湾のWHO加盟は中国の反対でいまだに許可されていないが（馬鹿げた話だ）、死者の多い変異MERS対策が緊急テーマとなったことから、中国国家主席の要請で台湾代表も出席していた。

　サウジアラビアのシライフと中央アフリカのナスビアで、MERS（中東呼吸器症候群）の変異株が流行しだし、多くの死者が出ていることについて、緊急の対策案が論じられていた。しかし、結論はいまだ出ていなかった。

　MERSは中東でコロナウイルスの一種から発生し、それが

変異してより致死性の高いウイルスになったというのだ。詳細はいまだ一般に明らかにされていないが、緊急会議が開かれたことから考えると、すでに相当な数の死者が出ている可能性が高かった。

インドネシアでも流行しだしているとの情報も会議中に伝えられた。

拡大している地域を封鎖すべきかどうかが、主たる論点となっていた。

アフリカのナスビアとその周辺国を封鎖することは可能だとの意見が大勢を占めたが、サウジアラビアとインドネシアに関しては意見が分かれた。

特にサウジアラビアは難しかった。

アラブ首長国連邦も同時に封鎖する必要があるとの意見が出た。アラブ首長国連邦のアビダビでも以前からMERS感染者は出ていた。そして最近その数は増えだしており、変異ウイルスに間違いないだろうとの意見が出ていた。

一方のインドネシアは、国民の多くがイスラム教徒であり、もうじきメッカ大巡礼が始まる。1万人を超す巡礼者がメッカに向かうため、サウジアラビアを封鎖するとなると大変なことになる。封鎖するのも、しないのも、どちらもリスクが大きかった。

テレビ会議座長を務めるドクター・ホリは、自分から積極

的な発言はしなかった。

　シライフで拡大しているウイルスは、ナスビアのMERSウイルスに感染しているコウモリが、高致死率の3X出血熱を起こすウイルスに重複感染し、遺伝子組み換えが起きた変異ウイルスだ。これは水面下で確定されたばかりであった。現時点では一部の関係者しか知らない。

　MERSに3X出血熱の毒性が加味されたことで、史上最悪の致死的ウイルスが誕生したのは明らかであった。

　それは猛烈な速度で広まっていて、感染者の致死率は90％を超えると推定される。しかし、ワクチンの見通しは立っていない。

　会議での話は前に進まなかった。

　特に、ウイルスが空気感染することが確定されたという報告が米国から伝えられてからは、誰からの発言もなかった。

　各国代表の頭の中は完全に空転し始めているようだった。パニックだ。

　話が難しすぎた。そしてあまりにも事態が緊急すぎた。

　ときどきドクター・ホリが沈黙した画面に、その流れの停滞に納得するかのように小さなうなずきを繰り返していた。

　しばらくしてからドクター・ホリは壁に目をやった。壁には大きな時計がかかっている。非常に古風なデザインだった。

初めて見る者には美術品のように見えた。1948年にジュネーブのWHO本部設立を記念して、スイスから寄贈されたものだ。

　すべての状況が伝えられた事務局長から、電話が入るはずだった。唯一理論的に考えられているドクター・キシベ（岸辺）たちの対応策は、事務局長に極秘情報として伝えられ、そこからさらに国連事務総長、米国大統領に伝えられているはずだ。それは現時点で実行が可能な変異MERS抑制計画だった。急速に拡大しているシライフ株を、人為的遺伝子改造ウイルスを使用して、地球上の80億人の人間を救うという、SFを超える壮大な計画。それは理屈の上では成功する可能性は大きい。しかし成功しなければ、人類は生き続けることはできない。天才的科学者4人が考え出したものだが、この計画を本当に実行に移すべきか否か、考えるための時間はそれほど残ってはいなかった。

　ドクター・ホリは、その計画が現代科学の積み重ねで奇跡的に考えられたものであることを理解していた。

　自然の摂理の中で発生してきた変異ウイルスに、人為的改造ウイルスで対抗する、すなわち人類初の生物兵器が用いられる。

　人為的変異株を世界に投与するという行為には、WHOは

責任を持てない。しかし何らかの対応をしなければ、無策のまま人類は破滅する。WHOは計画の遂行は知りおくのみとの判断になった。何があっても事務局長、いやWHOには責任はないということだった。

　WHOにはシライフ株を抑える術はまったくなかった。半年後に世界の多くの人々が3X遺伝子が取り込まれた変異MERSウイルスで死んでゆくかもしれない事態が迫っているにもかかわらず……。

　ドクター・ホリは、ドクター・キシベたちの作戦の成功を祈った。WHOも米国も、中国もロシアも、そして自分と同じ血が流れる日本も変異MERSを抑え込む案を提供できなかった。だから、極秘裏に1週間前、安全保障常任理事国と非常任理事国に個別に相談済みだった。

　しかし、1年以上の猶予がほしいと、どの国からも同じような返答しかなかった。

　自然過程で発生してきた変異MERS株。猶予を願い出る相手はWHOではなく"自然"だった。自然の摂理の中で変異ウイルスは誕生したのだ。ドクター・ホリは、自然の摂理は地球上の全人類を破滅させることはしないはずと信じていた。

　地球上で致死的変異ウイルスが発生するのは以前から確率

の問題だった。

　自然現象はアトランダムに変化はしない。そこには確率的要素がある。

　変異MERSの出現、それは確率的には予想された。しかしそれをどうやって防ぐかは、科学者や政治家の知恵の問題だった。

　ドクター・ホリは、今後の事態の予想される推移だけは事務局長に知っておいてほしかった。

　人類が滅びる可能性があった。

　かつて地球の上で恐竜たちが、大きな自然変動の中で死に絶えていった。

　今、人類はウイルスの巧妙な遺伝子変異により消えていくのかもしれない。恐竜が死に絶えたのはいつのことだったろうか。この宇宙の営みの中では一瞬の出来事だったはずだ。

　ドクター・ホリの携帯が鳴った。

　携帯を取り上げると彼は「ホリです」と名乗った。

　事務局長からだった。

　テレビ会議の画面に映るドクター・ホリの表情に、各国の代表は視線を合わせた。しかし、その表情は変わらなかった。

　ドクター・ホリはゆっくりと席を立つと窓際に向かった。局長との会話をテレビ会議のマイクに拾われたくなかったようだ。

眼下にレマン湖が広がっていた。いつもの湖の夕暮れだった。沖からヨットが戻ってくる。帆は夕日に輝いている。湖面にはわずかに白波が見える。

　ドクター・ホリに事務局長はゆっくりと伝えた。
「米国CDC長官にも連絡した。国連総長も事態が最悪であることは知っている。米国大統領にもすぐ伝えるはずだ。WHOは、状況はすべて理解した」
　いつもの甲高い声ではなく、感情を抑え込んだ、非常に事務的な話し方だった。
「経過だけは教えてほしい」
　事務局長は最後に付け加えた。

　みんなで相談し合っても何も意味がないことは、事務局長もドクター・ホリも分かっていた。それが民主主義の社会では必須であることも理解していた。
　ドクター・キシベたちの行うことは無法とか非倫理的とかの言葉では表現できない。
　そうした言葉が通用する空間を越えた、別の次元での言葉でしか表現できないのかもしれなかった。
　人類を救うための非倫理的行為。
　それは正しい行為なのか、間違った行為なのか。

　何事にも、終焉はある。大きな。
　そして大きな始まりもある。巨大な始まりが。
　ドクター・ホリは、そのような言葉を自分の心の奥に秘めていた。
　しかし今は終焉なのだろうか？　それとも始まりなのだろうか？

「記者発表しますか？」
　ドクター・ホリは各国の委員たちにも聞こえるように、ゆっくりとした英語で事務局長に最後に尋ねた。
　それは意味のない質問であった。ドクター・ホリは十分分かっていた。
　世界中に情報を知らせる、そのことがどのような結果を招くか。
　巨大なパニックが地球全体を覆うはずだ。巨大な津波となって。

　事務局長はそれには何も答えず、ただ、小さな声で、グッドラック！　とだけ言って電話を切ったようだ。
　幸運を祈る！
　それは正しい別れの言葉だった。

　テレビ画面でドクター・ホリの動きを見ている委員たちは、

彼が何か重要事項を伝えると思っていた。

「状況は次々と変わってきているようです。今結論を出すのは無理なようです。事務局長も同意見です。また1週後に会議を開きます。それまでに新しい情報が入り次第、メールを送ります。この会議で得た情報はこちらが許可するまで他言無用です」

　ドクター・ホリはそう言って会議の終了を伝えた。

　各国の代表たちのディスプレイから、テレビ会議の画面が消えた。

目　次

2011年7月

予兆

　朝7時、岸辺弘は大学の研究室に入ると、いつものように
ネットの世界に飛び込んだ。国際感染症情報の収集が始まる。

　札幌の国際総合大学付属病院感染症対策部の部長室。
　対策部といっても広い研究室と部長室、そして秘書室があ
るだけだ。研究室には2人の大学院生と若い准教授がいるが、
3人とも研究室の片隅に仕切りを立てて個人的スペースを
作っていた。業務は主に世界各地で発生している感染症状況
の把握と、そこで得られている病原体の確認であった。
　状況は疫学的手法で、世界各地から送られてくる感染者数
と死者数、年齢、性別などをデータベースに入力して、自動
的に図表化されたデータから世界の感染症の日々の変化を読
み解く。
　新規感染症が特定地域に発生しだしたときは、メール、と
きには電話で現地の状況を詳細に調べる。

　岸辺の研究室が世界的に脚光を浴びたのは、2年前に新型
インフルエンザが中国のウイグル自治区で大流行しているこ
とが米国のジョーンズ・ホプキンス大学のデータから読み取
れるのに対し、中国政府からは何の発表もされてないことを

指摘したことだった。

　新型インフルは中国の武漢から発生し、短期間で中国中に広がった。しかしウイグル自治区での感染者発生報告は、中国政府からはなかった。ウイグル自治区では、漢人が多数政府の方針で移住していて、ウイグル人は大きな収容施設に押し込められていた。

　岸辺は研究室で山田准教授や大学院生と中国青海省からウイグル自治区にかけて、直近１週間のインフル感染者数を辿った。

　狭い収容施設内では（中国政府はそうした施設の存在は否定している）、インフルは数日間で全員に感染する。

　これは危険だ、中国政府は報告を止めていると岸辺は判断して、山田准教授の顔を見つめた。

　山田は中国情報には詳しい。

「ウイグルやチベットの感染症情報は遅いですが、現在は中断しているようですよ」

「感染者発生数はこの１ヶ月間ゼロ、そして死者数もゼロ。これは意図的に数値を隠している雰囲気ですね。WHOに確認した方がいいですね。少なくともウイグルで流行しているだろうと思われるインフルの株は確認しないと、いきなりパンデミックになったとき、対策が難しくなります」

　岸辺はうなずいた。

「データが青海省までは出ているけど、そこから西方は国境

線までウイグル自治区となっていて、そこではインフル発生はゼロ、ということは、悪質なデータ隠しだ」

　WHOも類似の調査を行っているが、KSBLab（岸辺ラボ）の方が詳しいと世界の研究者からは評価されている。
「親しい研究者が香港大学にいるから、後で電話で確かめてみる。中国もデータを隠しだしたら、どんなに抗議しても反応なしだからね。今回もそうだろう、たぶん」

　通常得られたデータに不自然な動きが出ている場合、それは教授の岸辺に報告され、即刻分析会議が開かれる。必要なときには、データを発表している海外の公的機関に電話を入れることもあった。主に大学の研究機関が多かったが、ときには政府機関の保健省研究センターに色々と情報を聞き出すこともあった。

　英語圏だと話は簡単に進むが、アフリカ途上国の場合、フランス語で対応しなければならない場合もあった。

　幸い秘書であり、岸辺の妻でもある由紀が英語だけでなくフランス語も流暢に話すため、会話でのトラブルが発生することはまずなかった。

　しかし、3X出血熱のように状況が複雑な場合、現地の情報発信部局との情報交換に数時間費やされることもあった。

　電話でのやりとりも多い。対象には世界保健機関（WHO）や米国疾病予防管理センター（CDC）、ヨーロッパCDC、そ

してミネソタ大学感染症対策センター(CIDRAP)などがある。すべて世界で発生する新興感染症に目を光らせている部局だ。

　最近は自然発生する新規感染症の他に、生物兵器として人為的に遺伝子が操作された新規感染症の出現がある。

　人為的作製株の可能性がある場合、世界の感染症ネットワークの世界では意見交換の場が作られる。現在はCIDRAPのネット回線が３本提供されている。

　情報交換、遺伝子分析、そして診断と治療の３種類にオンライン会議室が分かれている。新規ウイルス株が分離されても、人にほとんど害を及ぼさない感染症なら良いが、害を及ぼすかどうかは、しばらく感染者の臨床経過を追う必要がある

　重体の人間が地球上に増えだす。最悪の結果では多くの感染者が、次の世代を残すことなく死んでゆく。

　感染症の相手は生物だ。細菌、ウイルス、さらにそれら病原体の媒介となっている各種の生物。

　ときには人間との戦い以上に、病原体との戦いは難しいこともある。

　例えば、ほとんど些細な風邪の類の症状程度しか出さなければ、その原因となる微生物の追求はまず行われない。

「なんか季節はずれの風邪かね。花粉アレルギーのような、軽いインフルのような症状が流行っているという話だね」
「花粉アレルギーでしょう。最近、妙に花粉か黄砂か区別がつかないような細かいチリが視界を塞ぐなぁ」
　そんな会話がよく聞かれるが、まさかそのチリに新型コロナウイルス粒子が紛れ込んでいるなどとは、最初は誰も考えはしない。

　しかし岸辺は黄砂が多い日は非常に気になっている。中国を横断して黄砂は気流で運ばれてくる。黄砂の中に微生物が紛れているとしたなら大変なことになる。
　人に対しても毒性の強い鳥インフルエンザウイルスが、シベリアから中国西方の青海湖やチベットなどに渡り鳥を介して運ばれてきているが、それが黄砂に混じって日本にも入ってきているような不安感を岸辺はいつも春先には覚える。
　実はウイルスがそれだけ長時間黄砂に乗って生き続けているのか、いまだ情報は出ていない。誰も確かめてはいないのだろう。

　しかし生物兵器開発が進んでいる国の場合、高度数千メートルまで打ち上げたドローンから、カプセルに詰めたウイルスを撒くことは可能かもしれない。
　数千メートルの高度にまで巻き上げられた砂漠の土壌・鉱

物粒子が偏西風に乗って韓国、台湾、日本方向に運ばれてきて、大気中に浮遊あるいは降下してくる。

　その中に新型コロナウイルス粒子が多く混ざっている、なんてことを日本の防衛省は考えているのだろうか。

　生物兵器に関しては日本の防衛力は遅れている。

　ウイルスが人に感染するためには少なくとも数十個以上の粒子は必要だろうし、インフルや他の呼吸器ウイルスなら数十万個の粒子が人の呼吸器に入り込まなければ感染は成立しないだろう。

　冬に流行るノロウイルス胃腸炎は別格だ。

　数十個のウイルス粒子で感染する。嘔吐物１滴も必要ない。

　酔客が路上に吐いたり、洗面所のシンクの中に吐いたりすると、そこから無数のウイルスが空中に舞いだし、そのほんの一部を吸ったり口にした別の酔客も２日後には嘔吐や下痢が始まり、そこから無数の人々にノロウイルスがさらに広がってゆくのだ。

　幸い２、３日寝ていて十分な水分をとっていれば治るからいいが、これが消化器の症状だけでなく、呼吸器症状、さらには肺炎を短期間で起こすなどとなったら、これは少々恐ろしい感染症になる。

　幸いこのような呼吸器症状を起こす新興感染症はこれまで
SARS（重症急性呼吸器症候群）や新型インフルの類であっ
たが、それほど広範に拡大はしてこなかった。

　しかし、これが軽い消化器症状を起こすノロウイルスのよ
うにウイルス粒子数十個で発病するようなら、SARSや新型
インフルで地球は危うい星となる可能性がある。ほんの少量
のウイルスで次々と重症肺炎が世界中で流行しだすのだ。

　症状はウイルス量だけでは決まらない。ウイルスの持つ特
性で決まる。感染力も同じである。ウイルスの特性で決まる
のだ。特性はウイルス粒子の中にある遺伝子で決まる。遺伝
子の中にすべての情報は書き込まれているのだ。

　情報が書き込まれる遺伝子は、現在の科学的技術では改造
が可能だ。

　わずか数十個の改造ウイルスが、２〜３週間で世界中に広
がり、無数の死者を出している情景が、現代ではあり得るこ
とだと岸辺の頭脳は予感できる。

　致死力の高いウイルスは、感染した人がすぐに死亡するの
で、次々と感染を広げることはできない、とよくいわれる。

　でもそれは嘘だ。

　空気感染するウイルスなら、感染者から生前に、多くのウ
イルスが呼吸器の飛沫などから周辺にいくらでも広がる。

恐ろしいことに、呼吸器感染するウイルスの場合、唾液中にウイルスが出てくるから会話で飛び交う少量の唾液でもウイルスは広がる。

　呼吸器感染を起こすウイルスの怖さはここにある。患者の咳から空中に広がるウイルスを防ぐのは難しい。ウイルスは目には見えない。患者がドアノブや机の上にウイルスのついた手で触っても見えはしない。

　音楽会場に1人の感染者がいるだけで、多くの人に感染する可能性はある。

　ステージ上のピアニストが感染初期で、自分がウイルス感染している自覚がない場合、1回咳をしただけでも、感染力の強い呼吸器系ウイルスなら会場の隅まで漂っていく。それがオペラ歌手の場合なら、相当量のウイルスが空中に舞ってゆくだろう。

　感染した人は自分ではどこで感染したか分からない。しかし巷にはウイルスはどんどん広がってゆく。致死率の高いウイルスなら、巷でどんどん人が倒れてゆくことになる。

　中世のヨーロッパでは、1回インフルが流行すると相当数の人々が死亡した。ロンドンで1日1000人が死亡したとの記録さえ残っている。疫病から逃れようと室内に家族や知人同士が集まる。すると全員があっという間に発病したのだ。

　冬期間に流行するノロウイルスが大きなコンサートホール

や結婚式場などで数百人に一晩で感染したりすることは知られている。

　わずかな嘔吐物から、ウイルスが空気感染で広がっていくのだ。

　クルーズ船でもしばしば発生する。船内で多くの乗客が吐いたり下痢しだす。症状は２日ほどで治まるが、船内は多くのウイルスで汚染されている。

　岸辺はときどきSARSの続きが起こらないのか気になり、世界中から報告される感染症の症状やウイルスの特性に日々目を光らせている。

　SARSはコロナウイルスの仲間、新型コロナウイルスの一種だ。

　岸辺は、そうした情報を次々にまとめ、重要情報があれば病院内の各診療科の感染症対策責任者に伝えるが、同時に厚労省の関連部署、地方の保健衛生統括部局にも発信する。

　またその中から一般社会にも伝えた方が良い情報は、大手メディアにも伝える。

　感染症情報をメディアを通して社会に伝えるのは、自分のような公衆衛生専門家の義務だと岸辺は考えている。

　ときには中国の国営メディアである新華社通信から取材が入ることもあったが、質問内容はさすがに高度であった。

国内のメディアは取材に来ないが、中国の国営メディアは取材に来る。そうした新華社通信の記事を日本のメディアは引用して、中国でもインフルは大流行と報じる。

　国内外から入ってくる情報は、岸辺から指示があると秘書の由紀が30分もしないうちに各方面へ発信を終えている。
　あるとき岸辺は大学院生たちもいる研究室内で笑いながら言ったことがある。
「うちの秘書は諜報局の秘書みたいだね」
　すると准教授の山田が笑いながら言った。
「岸辺先生、感染症学もマスターしていて、英語もフランス語もペラペラな秘書はWHOにもいないですよ」
　彼は2年前WHOに出向し、1年間多くの業務内容を学んだ。再びWHOから呼び出しがかかる候補者だ。
　由紀は、米国ミネソタ大学の公衆衛生学部を卒業後、同大学の感染症情報センターで3年ほど学んだ経験がある。
　女性を評する場合に禁句となっている〝容姿端麗〟という形容句であるが、外部の世界で由紀が話題に上った場合は、頻繁に使われる言葉でもあった。
　ミネソタ大学の感染症情報センターは世界最高水準の感染情報収集施設であり、そこから毎日世界に感染症に関する重要情報が発信されている。

　由紀はメール一つで世界中の施設や有名研究者と情報を交換する。岸辺の発表論文数は感染症疫学の世界では非常に多かった。その名前は国際的に十分知られていたから、コミュニケーションはどこの施設とも容易にとれた。

　メールの発信から論文作成までこの８年間、秘書として一手に引き受けてきたが、必要があれば国外へ電話をかけることも多い。

　いつも穏やかに見えるが、その実、仕事は早く交渉力にも長けている。

　微笑みの中で、相手の知的レベルを一瞬のうちに読み取る速さは、まず誰も気づいていないはずだ。

　ときどきフランス語で返事をすることがあるが、日本の学者なら、よく分からないままに、曖昧な返事をしている。

　43歳になる医学部の教授自身がネットで情報を朝から探すということは、日本では珍しい。米国では当たり前のことだったが、日本では朝からパソコンの前に座っているのは、若手の研究者か大学院生に限られる。

　通常、岸辺が１日にチェックする英語情報は80編前後、ドイツ語とフランス語情報が各20編前後であった。あとカナダ、中国、豪州からの情報が10編前後あった。

　各国報道機関の情報、WHOや米国CDC、さらにヨーロッパCDCなどから発信されている情報にも目を通す。

とりあえずタイトルから目を通し、気になる情報は内容を斜め読みする。そして必要に応じて情報をデジタルファイル化する。ファイル化は由紀の業務だ。

　午後6時過ぎ、岸辺は山田准教授に伝えた。
「中国のウイグルの件、衛生部にメールで質問したのだけど、いまだに音沙汰なしだ。僕の想像だけど、かなりの数の感染者が出ているんじゃないかな。いい加減な数を公式情報として出すよりは、無言の方がとりあえずはいいだろうと、考えているんじゃないかな。あの国は都合の悪いことはノーコメントが多いからね。もう少し様子を見て、いつまでも状況を隠すようなら、この研究室から公的情報として〝中国ウイグルで新型インフルが感染爆発か？　情報を発表しない当局〟という内容で発表しよう」
　山田はニヤッと笑いながら言った。
「いいですね。でも、中国の広報官は怒るでしょうね」
　岸辺はうなずいたが、
「僕は何らかの数を出してくるように思うな。数値を何も出していない中国に責任はあるのだから。そしてだ、僕は新型インフルの感染爆発が実際に起きていると思うよ。だから中国側は発表内容をどうするか苦労するはずだ……。楽しみだね、どのように反応するか」

　2日後、KSBLabのホームページに、"中国ウイグルで新型インフルの感染爆発発生か？　当局から発表はなし"と大きな見出しで記事が掲載された。多数の死者が出ている可能性を訴えた。

　しかし、中国衛生部の広報官は夕方の記者会見で何も発表しなかった。基本的に記者会見で広報官が何も語らない場合は、それが事実であることが多い。最後まで隠し通すことが多いが、それが結局は社会主義国を欧米が信じない原因となってくるのである。政治的問題が絡んでいる場合は、中国の国営メディアはいとも簡単に否定して終わりにする。

2011年11月

変異実験

　その日いつものように岸辺はディスプレイに表れる情報をスクロールしながら、情報のタイトルに目を通していたが、突然スクロールを止めた。

　唐突なタイトルのニュースが英国のBBCから発信されていた。

　"鳥インフルエンザウイルスの変異実験が成功。人に致死的ウイルスを試験管内で作製"

　2011年11月10日にイタリアのマルタ島で国際インフルエンザ会議が開かれていた。

　オランダのE医学センターのウイルス学者ロン・ベーカー博士が発表した研究内容が、会議で紛糾したという。

　H5N1鳥インフルエンザウイルスの遺伝子に5ヶ所の変異を起こさせると、フェレットに対して非常に感染力が強く、致死的なウイルスに変化するという。フェレットは感染の仕方が人のそれに近いのでしばしば使われる実験動物だった。

　フェレットで致死的感染を起こすとなると、人に感染した場合、その致死率も高いと推定される。

もちろん人での感染実験はできないから、フェレットの実験結果から人に対する毒性を推定することになる。

　H5N1鳥インフルエンザは、現在世界で最も恐ろしい鳥インフルエンザである。幸い鳥から人への感染率が低いので、いまだ人の世界でのパンデミックの危険性は低いとされていた。しかし感染した場合の致死率は50％前後とされ、これまで世界で数百人の死者が出ている。

　H5N1鳥インフルエンザの人への感染は東南アジア、特にインドネシアやベトナム、そして中国でしばしば起きていた。離れた所ではエジプトのナイル川沿いの町でも死者が多数出ている。すべて北からの渡り鳥がウイルスを運んできて、家の屋上や庭で鶏を飼育する一般家庭で発生している。

　自分で処分し調理する過程で主婦や子供たちが感染しているようだ。

　ウイルス遺伝子の変異は絶えず起きていることから、いつ人に容易に感染しやすいウイルスが誕生するか、世界の専門家とWHOが注視し続けてきた。

　オランダの研究チームが行っているような遺伝子変異研究は、生物兵器としてテロリストに利用される可能性もあることから、多くの会議参加者たちは、研究は規制されるべきと主張していた。

　研究内容が論文化されると、変異ウイルスの作成方法が一般に公開されることになるから危険である。

　研究内容は、米国バイオセキュリティー科学顧問委員会により調査されていた。米国の世界的雑誌に論文として掲載させても良いか否かが論議されていたのだ。

　岸辺はしばし考え込んだ。
　ベーカーといえば、以前からインフルエンザウイルスの遺伝子組み換えを行っていることで知られていた。遺伝子組み換えでは世界でも一流の研究者だった。
　ついにH5N1鳥インフルエンザウイルスを、人に容易に感染するように作り変えることができたんだ。
　岸辺はゆっくりと首を左右に振った。危険だった。
　もし試験管内から漏れ出たら、致死率50％を超える、人に容易に感染する鳥インフルエンザが世界に広がる。
　感染者の半数以上が死亡する。
　簡単に人に感染しない現在は、まだ安心していられるが、感染力が増し、容易に人から人へ感染するようになったなら、死の町が世界中に広がる。
　ウイルス感染で免役システムに狂いが出てきて、サイトカイン・ストームが肺で発生し、呼吸困難で患者は２週間足らずで死亡する。自分の肺組織を免疫系が誤って攻撃しだすか

らだ。

　まさしくデュアルユース研究（dual-use／軍事・民生共有研究）だった。一般医療にも役立つ可能性もあるが、同時に生物兵器の開発にも利用できる研究だ。
　H5N1ウイルスがどのような変異を起こすと、人に容易に感染しだすかを知ることは、疫学的調査のうえで有用な情報となる。発病者からウイルスを分離して遺伝子組成を分析することで、どこまで人に感染しやすくなっているかが評価できるのだ。
　今は稀にしか感染しない。
　しかし、この研究はウイルスを少し改造することで生物兵器としての開発にもつながる。改造したウイルスに対するワクチンも製造しておき、自国民またはある特定地域の住民にだけワクチンを投与してから、ウイルスを生物兵器として使用するのだ。

　岸辺は窓の外に視線を向けた。
　ふと息苦しさを感じたのだ。血中の酸素濃度が低下しだしたような気がした。富士山の頂上に辿り着いたときのように。
　深呼吸を繰り返した。

　ベーカーの改造ウイルスに関するコメントは世界中から発

信されていた。その生物兵器としての方向性を懸念する
ニュースや論説だった。だが日本国内では情報は出ていな
かった。デュアルユース研究なんて、日本のマスコミには理
解できないのだろうと、岸辺は思った。

　そもそも生物兵器に関する情報自体、日本国内では目にす
ることは稀だった。

　島国に住み続けた日本人は、自分たちの生活空間が地球上
のすべての地域とつながりを持っていることをいまだ認識で
きていない。

　ニュースは国内の出来事が主であり、海外の出来事は、あ
くまでも遠い地での出来事にすぎなかった。

　しかしウイルスには国内外の区別はない。

　改造ウイルスに感染した患者がオランダ航空でアジアに飛
んできたなら、ウイルスはアジアで一気に広がる。

　感染率の高いウイルスなら航空機内、空港、そして運ばれ
た病院で多数の人々に感染する。そしてそこから対数的に感
染者は増え、同時に死者が多数出てくる。

　ベーカー……。

　岸辺は呟いた。

　岸辺よりもはるかに若い世界的研究者だ。

彼はなぜこのような実験をするのだろう。

　自然界で誕生したウイルスは感染者を隔離することで、最終的に消え去る。一時的に悪さをしても、次第に悪さはしなくなる。だから人類は生存し続けている。

　しかし遺伝子を改造すると、ウイルスの感染動態は自然の摂理から外れてゆく。潜伏期間も長くなる可能性がある。その間、ウイルスは感染者から排出され続ける。

　業績を競い合っているのか。それともデータを売るためだろうか。

　しかし、改造ウイルスは試験管内で簡単に増殖するのだろうか。試験管内で増やすことが難しいウイルスは多い。細菌の場合は栄養液を入れた培地の中で容易に増える。

　ウイルスは細胞内でしか増えない。細胞の遺伝子を借りて細胞内で自分の遺伝子をコピーして増殖する。ウイルスが細胞内に侵入するためには相性があり、なかなかそうした細胞が見つからないことが多い。

　ベーカーは改造ウイルスを試験管内で容易に増殖させることに成功したのだろうか。もしそうなら、それはすぐにでも生物兵器となる可能性が出てくる。

　大量の改造ウイルスが凍結保存されている。そんな研究室の光景が岸辺の網膜の一部に映った。

　岸辺の想像はさらにネガティブな方向に広がった。

　改造ウイルスとワクチンを組み合わせて、密かにどこかの過激派グループに売り込んだなら、間違いなく巨額の生物兵器となる。

　過激派グループを支援する反民主国家が接触してくるのは間違いない。

　支配地域の住民と自国の兵士たちにワクチンを接種した後、ウイルス兵器で敵対国を攻めることが可能となり、敵対国の人口の半数近くが死に絶える。

　しかしウイルスはその後、際限なく世界に広がってゆく。WHOを中心に先進国は懸命になってワクチンの作製に着手するだろう。しかしそれが実用化するまでにはどんなに急いでも数ヶ月は要する。その数ヶ月間、ウイルスは広がり続ける。

　明らかに世界の戦争は変わりつつある。

　核は使えない。使うと数ヶ月後に地球は廃墟となる。サリンなどの化学兵器も使えない。使うとすぐ人々は死亡し、サリンの使用が国際的にばれてしまう。

　ウイルス兵器はその点使いやすい。新規に危険なウイルスが現れたとき、WHOをはじめとして専門家たちは、自然経過で危険な変異ウイルスが出現したと判断する。

　そしてそれは無謀な自然破壊により、野生動物にしか感染していなかったウイルスが人の世界にも現れ、そして変異し

たものだと考える。

　でもそれは誤りだ。

　岸辺や多くの専門家たちは推定していた。

　中国で発生したSARSウイルスも、メキシコで発生した豚インフルエンザも（新型インフルエンザH1N1pdm）、研究機関の試験管内から漏れ出した可能性は否定できないのだ。

　2009年に拡大した豚インフルエンザの遺伝子構造はあまりにも人為的に配置された可能性が高かったため、オーストラリアの研究者が人為的作製ウイルスではないかとWHOに警告した。

　WHOは世界の専門家を集めて緊急テレビ会議を開いて論議した。そして人為的作製説は否定されたことになっている。そのウイルスの末裔は現在季節性インフルエンザとして定期的に世界的流行をしている。感染力はあるが、毒性はすでにそれほど高くはない。H1N1pdmと名づけられている。もう一種類の季節性インフルはH3N2と名づけられているが、別名発生地の名前をとり"香港型"と言われる。

　岸辺は先日北海道東部の沼で、渡り鳥のコハクチョウが死亡したことを思い出した。鳥インフルエンザウイルスH5N1が検出されていた。シベリアからウイルスに感染して飛んできたのだろう。

　人に感染する確率はいまだ低いが、養鶏場がウイルスに感染すると、短時間のうちに鶏に感染が広がり多くが死ぬ。

　それがベーカーの作製した変異H5N1ウイルスなら、北海道内に短期間のうちに広がり、多くの人間が感染し、5割が死亡する。ワクチンはない。

　岸辺は窓から外を見上げた。空は灰色の雲で覆われ、もうじき雪が舞いだしそうだ。渡り鳥たちも南下を急ぐだろう。

「今はもう人工的に変異ウイルスを作ることは難しくはない時代だ。科学技術は人に幸せをもたらすとは限らない」

　岸辺は学生たちの講義で必ずそう伝えていた。

「あらゆるジャンルの科学技術が進化している。ウイルス遺伝子操作技術も驚異的飛躍を見せている。世界中が競い合うように」

　話し終わると岸辺はいつも一抹の寂しさを感じた。自分の話の中身がなぜか空虚に感じたからだ。

　それはなぜなのか、自分でも分からなかった。

悪魔の兵器

　岸辺はベーカーの改造ウイルスについて、カイロの米海軍医学研究センターのドクター・ジャンセンに電話で意見を聞

いた。

　ジャンセンは米国CDCと国防省の両方に席を置いているが、ポジションとしては幹部クラスだ。

　現在、中東における生物化学兵器製造の監視が主な仕事になっていた。

　岸辺とは以前から情報交換する関係になっている。

　ジャンセンなら詳しいはずだ。

「彼の研究内容は、確かに生物兵器となる危険性は否定できない……」

　ジャンセンはそう言って次の言葉を選んだようだ。

　岸辺より5歳年上の円熟した医学研究者と言えたが、国防省とのパイプも太く、大統領とも直に話したことは数回あると言っている。

「改造ウイルスがどこまで増殖力を持っているかが問題だけど、人に対する致死力は相当なものだろう、あれはね。増殖力がどの程度か、発表データからは分からないが……」

　そう言ってジャンセンは付け加えた。

「細胞培養で短期間で大量のウイルスができあがるようになるまで、数年はかかるんじゃないだろうか」

「実験用に少量のウイルスを増やすのとは違うからね。最終的にはタンクの中で細胞を培養し、そこにウイルスを感染させることになる、たぶん」

　岸辺はうなずいた。

　確かに培養器はタンクレベルのはずだ。

　タンクを数台並べて、ウイルスが感染して、増殖する細胞を大量に培養する。

　ベーカーの改造ウイルスの危険性に関しては、米国内の報道でもフォローされた。

　12月にはロサンゼルスの大手カソリック教会のウェブでも大々的に論説が掲載された。

"科学者、試験管内で鳥インフルエンザウイルスを改造し、人への致死的株を作製"

　大きく見出しが躍っている。

「オランダのH5N1鳥インフルエンウイルスの研究者が、研究室でほ乳類に容易に感染する変異ウイルスの作製に成功したが、ウイルスは50%以上の致死力を人に対しても保有しているようだ。

　もしウイルスが研究室から漏れ出たり、テロリストの手に入ったりすると、世界的パンデミックが起き、数億人の人々が死亡する可能性がある。

　作製者はワクチン製造にとって重要な研究であると語っているが、自然の摂理から外れた人為的作製変異ウイルスは、まさしく悪魔の兵器となり得る」

厳しい論評だった。

　ベーカーの論文は多少の変更は求められたが、2012年の8月には世界的学術誌に掲載された。
　カナダの生命倫理学研究者たちから多くの非難的コメントが、国際通信社のカナダ通信を経て発信された。

　岸辺はベーカーの狙いが確かによく分からなかった。
　世界の一流科学雑誌に論文を掲載するのが目的とは思えなかった。最終目的に向かう過程で、いくつかの研究論文が副次的に世界に公表されるのは常だ。

　ベーカーの研究の最終目的は何なのだろう。
　ベーカーは世界的一流科学雑誌にはすでに50編以上の論文を発表しているはずだ。
　論文数としては十分だった。
　世界中、どこの研究所や大学へも無条件で迎えられる。
　でもそうした低次元の目的で研究を続けるには、あまりにも発想が優秀すぎた。まだ30代の若さである。

2012年12月

MERS出現

　朝、研究室に入った岸辺はしばらく米国の有名誌のニュースに釘付けになった。

「５例目の新型コロナウイルス死亡例が報告
　WHOは新型コロナウイルスによる２死亡例がヨルダンで確認され、当ウイルスによる感染者報告数が合計９例となったと発表した。
　当ウイルスの人から人への感染、すなわちヒト-ヒト感染の可能性を示唆する事実はすでにいくつか挙げられている。
　この新型コロナウイルス感染は肺炎と腎不全を起こす」

　内容は短かったが岸辺には大きなインパクトを与えた。

　ヨルダンで2012年の初め頃、いくつかの重症肺炎の集団発生があったが、当時この新型コロナウイルスは発見されていなかったため、病原体は曖昧なままになっていた。
　その後秋になって、サウジアラビアで重症肺炎によって死亡した患者から分離されたウイルスが新型のコロナウイルスであることが分かり、改めて春のヨルダンの患者たちの残されていた血清が調べられたようだ。そしてこの新型コロナウ

イルスによる感染者は、2012年春にはヨルダンでも発生して
いたことが明らかになったのだ。

　この新型コロナウイルスは、先に中国で流行したSARSコ
ロナウイルスと同じグループに属するウイルスであるが、遺
伝子構造は異なっている。

　今回、このウイルス遺伝子を分析し、新型のコロナウイル
スであることを確認したのは、例のオランダのベーカー教授
の率いる研究グループだった。

　岸辺は、ふと、きな臭さを感じた。
　ベーカーの研究室で確認された新型コロナウイルスはもし
かして……。
　確信を抱いた岸辺は、携帯でカイロのジャンセンに連絡を
入れた。
「ジャンセン！　ベーカーが確認したのは、自分が作製した
生物兵器じゃないか？」
　岸辺は単刀直入に問いかけた。
「生物兵器？　ベーカーのコロナだっていうことか？」
　ジャンセンは意外にも冷静に答えた。

　コロナウイルスは感冒ウイルスの仲間だ。

　決して特殊なウイルスではない。

「最初の症状は風邪と同じ！　通常のコロナは人を殺すことはない。しかしこのコロナは人を殺す。この新型は、コロナの改造ウイルスに違いない。僕は間違いないと思う」

　岸辺は叫ぶように言った。

　感冒ウイルスとしての通常のコロナウイルスが流行しても誰も気にしない。

　そこに変異型のコロナウイルスが紛れ込んだらどうなる。致死的ウイルスが急速に広がりだすのだ。専門家も当初は何が起きたか分からないはずだ。ウイルス分析が行われ、最初に流行し始めた株とは異なるコロナウイルスであることに気づくまで２週間前後は要するはずだ。

「何のためにそんなことを？」

　ジャンセンは岸辺を試すような言い方をした。

　何のために？

　予想外の質問をジャンセンはしたが、彼にも答えが見つかっていないような口ぶりだった。

「生物兵器の作製……」

　岸辺は意味もなく繰り返した。

「ドクター・キシベの想像は正しいのかもしれないけど、エビデンスはないな」

　確かに証拠はまったくない。

「エビデンス……」

変異ウイルス作製の証拠を見つけるのは難しい。

エビデンス。

今、中東で現れている新型コロナウイルスが、ベーカーの作製した改造ウイルスであるという証拠はないとジャンセンは言った。

そのエビデンスがない限り、そうした言葉は封印され続ける。

旧約聖書には、はじめに言葉ありきと記載されている。その言葉とは科学の世界ではエビデンスなのだ。

エイズ、SARS、豚インフルエンザ……。これらウイルスは、自然過程で出現したウイルスであるという明確なエビデンスはない。

そしてあのノロウイルスだって自然の摂理の中で誕生してきたウイルスなのか、岸辺には疑問だった。

今後も次々と出てくる危険なウイルス。

それらは本当に自然の摂理の中でできてきたのだろうか？しかし人為的に作製されたエビデンスもない。

ウイルス遺伝子が容易に操作されることができなかった数十年前までは、新規に出てきたウイルスは自然の摂理の中で誕生したものだった。

　でも今は違う。岸辺はため息をついた。

　ウイルス遺伝子は変えられる。

　ヨルダンで確認された新型コロナ感染症はその後サウジア
ラビア各地、そしてアラブ首長国連邦でも発生が確認され、
中東呼吸器症候群（MERS）と命名された。

　それは10年前に中国で流行した、やはりコロナウイルスの
一種であるSARS（重症急性呼吸器症候群）の脅威を世界に
再び呼び起こす効果を持った。

2014年7月

MERS変異

　中東呼吸器症候群（MERS）が、空気感染する可能性が示唆される研究結果が出たとの報道が相次いだ。

　特にオーストラリアの研究者からは、MERSが変異を起こして一段と危険性を帯びてきたことを示唆するデータが発表された。
　"MERSウイルスの謎"と題した論文が世界のトップ科学雑誌に緊急発表された。
　総説に近い論文であったが、珍しくニューヨーク・タイムズがその論文発表を報じていた。
　新型コロナウイルスの一種であるMERSウイルスの発生源が、いまだ不明でありながら人への感染が散発的に続いているのは脅威的だとその研究者は論じていた。そしてサウジのシライフ市の病院におけるクラスター発生の分析結果をデータとして示していた。

　さらに論文では、サウジのシライフ市の病院で多数の患者と医療担当者の間でMERSがクラスター発生していたが、ウイルス遺伝子を分析したら遺伝子が微妙に変化している感染者が少なくとも十数例見つかり、その90％近くが死亡したと

される。従来株30例の死亡率は4割前後だから、この変異株はまさしく殺人ウイルスと表現することが可能だ。鋭い論調で論文は著者の仮説を続けた。

　変異株と推定されるウイルスの感染速度は他のウイルスよりもはるかに速く、隔離しても簡単に外に漏れてゆくとされた。空気感染していることは明らかだと研究者は述べていた。

　岸辺は首をひねった。

　病院内でMERSの変異ウイルスが多くの人間に感染しだしている。それも短期間に……。唐突すぎる。

　そして論文の最後は、著者が最も伝えたいことで締めくくられていた。

「人為的操作により変異ウイルスが出現した疑いがある」

　岸辺は唸った。その女性教授の文意は正しい。

　科学的常識から考察すると、彼女の主張は的を射ている。

　自分と似たような考えを持つ研究者がオーストラリアにもいた。

　そして今それを論文で発表した。一般社会にとっては脅威的内容を含む論文だったが、危険性ある生物兵器が開発された可能性を示唆していた。

　一方、カナダの学者がAP通信の取材に応じて、そのよう

な結論を導くのにはエビデンスが弱く、強引すぎるとのコメントを出していた。

　状況的に、これは何かおかしい、不自然だと主張する論文にすぎないとまで言っていた。要するに生物兵器開発の明確なエビデンスはないということのようだった。

　その後ワシントン・ポストとBBCが追従し、生物兵器研究の危険性を論じた。世界的に有名なジャーナリストが担当していた。

　相変わらず国内報道では何も触れていなかった。

　明確なエビデンスがない限り、報道機関は関心がなければ安易にそれを封じる。

　単に怪しいというだけで人を犯人扱いできないのと同じだった。怪しい人物が50人いても実際に犯した犯罪の証拠がなければ、全員無罪放免だ。

　それと、そうした危険なウイルスを人為的に作製して、社会に撒くという行為自体が一般的には想像を絶することでもあった。

　医学者がそのようなことをするわけはない。かつてのナチスドイツの医師は平気で悪に従事したが、彼らの思想の中では悪の定義が異なっていた。

　似たような事例は日本でもあった。

エビデンスがなければ“悪”さえも否定できる。

　フェレットを使って、その危険性を動物実験で確認する方法はある。それは多く行われている。しかし、その動物実験が成功した場合、次に目指すのは人を対象にした実験である。

　通常は動物実験でいったん停止する。

　しかしウイルス作製の目的によっては、次の段階に進むこともあり得る。人体実験だ。臨床実験とも言われる。岸辺はそのように考えていた。

　K国の核開発に似ている。

　単なる実験が次第に開発に向かい、そして最後には実戦に使われるのだ。過程はシームレスだ。

　核を保有した非民主的国家は、強国にでもなったかのように外交態度が横柄になってくる。

　しかし生物兵器を完成させている国は、兵器を保持していることは公表しない。

　妙なインフルエンザウイルス、または殺人的新型コロナウイルスを試しに使いたい欲望を抑えている。そしてあるときウイルスは世界に向けて発進される。

　ウイルス発進場所として、世界の大都市の街中の巨大ショッピングモールが標的になる。

　ウイルスの特性が変化して空気感染するようになると非常に危険だ。瞬く間に世界に拡大する。ウイルスが変異したこと、それが人為的手段で行われたことは間違いはないが、エビデンスは得られない。

　手を汚した犯人は手を洗う必要はない。悪の行為は、空港のロビー、大都市の朝の駅構内などで、小瓶に入ったウイルス培養液を数滴ずつ、場所を変えて垂らすだけだ。

　オーストラリアの研究者の発表論文から多くの余韻が生まれ、国際通信社のロイター、AFP、APなどから情報が、世界の報道機関のウェブ上に発信された。

　中国の新華社通信からも発信されていたのは、岸辺には驚きでもあった。

　ラクダ飼育者がMERSに感染して死亡したので、飼育されているラクダ7頭を検査したら1頭の気道からMERSウイルスが検出され、さらに飼育舎内の空気からもウイルス遺伝子の一部分が見つかったという。

　ラクダは感染しても自分の免疫でウイルスを排除してしまうので発病しない。しかし人の場合は、感染すると発病する割合は高く、致死率も高く50％を超える。

　MERSが空気感染するとなると、容易に人の間で感染し世界に広がるのは時間の問題となる。

研究室で岸辺は、各種報道やWHOや米国CDC、さらには香港保健省のパンデミック情報ページの伝える内容をディスプレイ上で確認していた。学術論文の方は、准教授の山田と大学院生がスクリーニングしている。現在、世界でどのような研究が進んでいるかを学ぶには、一番いい方法だ。

　由紀の方でも公衆衛生学上の新規論文はチェックし、簡単なサマリーをつけて記録している。

　山田准教授と大学院生たちのチェックした論文と由紀のチェックした論文は、キーワードで簡単にチェックできるが、チェックされる論文の数は数百編に上るから、期間を指定して検索する。

「やはり出てきたんだ……」

　岸辺は傍らで情報整理している秘書の由紀に顔を向けた。由紀は妻になって8年経つが、研究室では秘書業務に徹している。

「出てきた？……MERSの変異ウイルス？」

　由紀は少し憂鬱そうに重い言葉を返しながら、ディスプレイの画面をスクロールした。

「オーストラリアの論文ですね」

　准教授の山田が会話に加わった。

　大学の講義から戻ってきたばかりだ。問題の論文は朝に目を通していたようだ。

　岸辺は軽くうなずくと、ディスプレイを指さした。

「空気感染する変異ウイルスだ。作製した連中がラクダで試験的に感染実験を行っているに違いない。感染宿主のラクダから人への自然感染らしいとの憶測がWHOから出ているが、それは違う。これは人為的感染実験だ」

　岸辺は吐き捨てるような言い方をした。感情が高ぶると語気が荒くなる。

　由紀にはその後に岸辺が語る言葉が予想できていた。

　岸辺はサウジに調査に向かうに違いなかった。

　何かが始まる。由紀の勘は鋭い。

　あのときはSARSだった。場所は香港とハノイだった。

　今回は変異MERS株、場所は中東だった。

✖✖✖✖✖

　岸辺にとってそれは正夢だった。

　この年、４月頃からサウジアラビアを中心にMERS感染者が増えだし、５月には対数的に感染者と死者の数が増加の一途を辿り、岸辺も世界の専門家たちも、これはもしかするとパンデミックになるのでは、と懸念し始めていた。

　前夜、いつものように世界の情報を確認した後ベッドに横になったが、なかなか寝付けなかった。

　ようやくまどろみかけた夜半、岸辺は強い不安を感じて目を覚ました。夢の中に広がる光景に見覚えがあった。

ムンクの絵画『叫び』に似ていた。

２週間前、国際近代美術館でムンクの特別展が開催された
とき、その『叫び』の画像の一部が自分の心の中に流れ込ん
だに違いなかった。

ムンクの絵のように五感を閉じて不安を打ち消したい思い
が、岸辺の心のどこかに芽生えていたのだ。

岸辺はMERSウイルスを恐れていた。

人為的にMERSウイルスが改造されていると確信していた。

それはいつか、何らかの目的をもって世界に撒かれるに違
いない。

そんなことを考えながら浅い眠りに入った岸辺だったが、打
ち消したくても打ち消せない不安と恐怖で目を覚ましたのだ。

危険だ。

世界は改造ウイルスを警戒する必要がある。

それは生物兵器だ。

MERSウイルスは、コロナウイルスという風邪ウイルスの
仲間だったから、初期症状は風邪と大差ない。

みんなはじめは風邪だと思う。

一見風邪にすぎない初期の症状から、５日後、いくら息を
吸っても肺では酸素を取り込めなくなり、30％の患者は呼吸
困難で10日後には死亡する。

　風邪にすぎないと思っている初期の数日間、ウイルスは周辺に撒き散らされ、少なくとも1人の感染者から5人以上に感染が広がる。

　風邪だ。
　風邪には気をつけろ！
　それはペスト以上に怖い感染症なんだ。
　岸辺はそう叫びだしそうだった。
　何か巨大な恐怖が押し寄せてきていた。

　由紀はディスプレイに目を向け続ける岸辺の横顔を見つめていた。
　今、岸辺が何を考えているのか分かっていた。
「サウジに行くのね」
　由紀は確認を求めた。
　岸辺は少し首を傾げたが答えなかった。
　迷っている。由紀には分かった。
　サウジアラビアで間違いなく何かが起きている。
　いや、中東全体の問題かもしれない。
　中東に人為的改造ウイルスが広がっているのかもしれない。
　岸辺は傍に立つ由紀を見つめた。

「行くのね」

再び由紀は半分諦めた口調で言った。

　岸辺は国立大学に席を置いている。勝手に職を離れるわけにはゆかない。

　由紀は自分のすべきことを頭の中で整理し始めた。

　岸辺は返事を保留した。

　中東は"生物兵器"を手に入れたらすぐにでも使うに違いない。

　さらにそこから支援国に"その武器"は広がる。

　シリア、イラン……R国、K国……。

　岸辺は視線を窓の外に向けた。無性に息苦しさを覚えた。

◢◣◢◣◣

SARS（重症急性呼吸器症候群）

　岸辺が12年前、出かけたハノイの病院のSARSは間違いなく危険だった。多くの入院患者が命を落としていた。

　しかし、今回のMERSはさらに危険な感染症のように思われた。

　空気感染して世界に広まる。

　怖い。岸辺は頭の中で、その言葉に震えた。

　岸辺がハノイの病院へ向かおうと決意したあのとき、由紀は岸辺に懇願した。
「あなたが行かなくても、日本中、いや世界中にはたくさんの医師がいるわ。なぜあなたがそんな危険な病院の中で、患者さんたちを診に行かなければならないの？」
　そのときの岸辺の答えは予想外に歯切れが良かった。というよりも言葉が反射的に出てきた。
「もちろんそうだろうね。でも僕は今ハノイで助けを求めている患者がたくさんいることを知ってしまった。だから僕は行かなければならない。それは僕が医師であることを証明することでもあるかもしれない」

　中国の広東省で発生したSARSは2003年3月に香港に広がり、そこから北部ベトナムへ広がった。ハノイの病院はSARS患者で溢れかえっていることが、香港のWHO主催の会議で明らかにされた。
　当時の日本の厚生省から代表として、香港に2名の感染症専門家が派遣された。そのうちの1人が岸辺だった。
　日本国内では情報は対岸の火事の扱いだった。
　WHOは医師を求めていた。病院内で広がる致死的SARS患者。会議でそれを報告するWHOの若い医師の声は上ずっていた。

岸辺は厚生省の許可を得てハノイに向かおうとした。

　しかし厚生省は許可を出さなかった。

　代わりに休暇をとって自己責任でハノイに行くことは認められた。ただし、何が起きても国は責任を取れないと言われた。

　大学で教授秘書をしていた由紀は、当時講師だった岸辺の置かれている立場が、非常に危険であることを知っていた。

　教授も反対していた。岸辺と親しい由紀に、思いとどまらせてほしいと伝えていた。

　でも岸辺はハノイへ向かった。岸辺はそこでWHOの医師がSARSに感染して苦しみながら死亡する姿を見た。自分も感染するかどうかは考えることはなかった。毎日運ばれてくる患者たちの命を救うことで精一杯だった。

　しかし4月末にはベトナムは奇跡的にSARS患者の発生を食い止め、撲滅宣言を行った。

　それは"ハノイの奇跡"とまで言われた。

　岸辺を含む多くの医療担当者たちの自分の命を省みない懸命の活動が、SARSウイルスを駆逐したのだった。

><]<>[><

　由紀は今、また同じ言葉を言おうとは思わなかった。
「あなたが行かなくても、日本中、いや世界中にはたくさん
の医師がいるわ。なぜあなたがそんな危険な病院の中で患者
を診に行かなければならないの？」

　岸辺が医師である限り、医師としてあるべき道を進むこと
は、８年前に結婚してから十分理解していたし、また納得も
していた。
　岸辺の返事を待たずに由紀は、岸辺が出向先とする予定の
リヤドの大学のアドレスを、世界の大学リストで調べだして
いた。
　訪問目的は情報交換。岸辺の名前はリヤドの研究室でも十
分知られているはずだった。

　岸辺は迷い続けた。
　SARSの時はウイルスの性格を岸辺は大体つかめていた。す
でに欧米の研究者たちがウイルスの基礎的特性を把握してい
たし、WHOもすでに動いていた。
　しかしMERSはいまだ謎だらけだった。死と直面するかも
しれない。岸辺はこの危険なウイルスと立ち向かい、そして

抑えきれる自信はなかった。

　岸辺は、ハノイの病院でSARSに感染して死亡したWHOの医師のことを思った。彼は家族をイタリアに残して、WHOの医師としてハノイに出向していた。
　感染した彼を救うため岸辺も懸命にがんばった。しかし彼は極度の呼吸困難の中で死亡した。

生物兵器の疑い

　決断がついたのか、岸辺はディスプレイから顔を上げた。
「カイロのジャンセンに相談してみる。直接彼と話した方が早い」
　岸辺は壁にかかった世界時計を見た。向こうはまだ朝方だったが、岸辺はためらわずジャンセンの携帯につないだ。

　ジャンセンはすぐに出た。
　彼の方でも岸辺に話があったようだ。岸辺の要件はすでに分かっていた。
「ついに出てきたようだ」
　ジャンセンはいつもの太い声で呟くように言った。

　やはりジャンセンも空気感染する変異MERSに気づいていた。

「危険ですね」

　岸辺はジャンセンの次の言葉を知りたかった。

　そうだ。危険な事態だ。

　ジャンセンがそのように言うだろうと岸辺は思っていた。

　そして二人の会話は一気に変異MERSの対処法に向かうはずだった。それがあるかどうかは別にして。

　事態は急を要する。

　MERSコロナウイルスが空気感染しているエビデンスが得られたということは、ウイルスが変異していることが確認されたことを意味する。

　これまでのウイルスは空気感染しなかったはずだ。変異MERSの出現は明らかになったのだ。

　ジャンセン、さぁ、どうする？　僕らは……。

　岸辺は心の中で、次のジャンセンの言葉を促した。

　ジャンセンは岸辺がフォローできないくらいの早口で話しだした。

「感染率の高いウイルスの作製が成功したのは間違いない。今、サウジのシライフ市の病院で集団発生しているMERSウイルスの中にそれが紛れているようだ。猛烈な勢いで感染を

広げだしている株は、従来の株とは比べものにならないくら
い、どう猛なようだ。そいつの正確な遺伝子解析を確認する
必要がある。あのオーストラリアの論文は正しいだろう」

　ジャンセンはそう言ってからしばし間をおいた。

　岸辺に考える余裕を与えたようだ。

「生物兵器だな……、いつも君が気にしていた通りかもしれ
ない」

　ジャンセンは明確に生物兵器という言葉を使った。

「詳細な遺伝子分析を香港のパイリス教授に依頼してみます
か？」

　岸辺は提案した。

　SARS以来の親しい友人であるパイリスは、香港大の世界
的ウイルス専門家であり、非常に腕のいい遺伝子分析学者だ。

　パイリスなら現在の変異ウイルスの危険性を理解し、その
拡散を抑えることに同意するはずだった。

　香港のパイリス教授はジャンセンも知っている。

「パイリス……、いいね。生物兵器になり得るかは確認でき
るね、彼なら。そして良識派だ」

　岸辺は思いついた。

　1週間後にサウジに向かい、そしてそこからカイロに移り、
米海軍医学研究センターでジャンセンや部下の研究者たちと
色々討議する予定にしていたが、帰国する前に、シライフの

ウイルス検体を香港のパイリスに届けて分析しておいてもら
うのが、話としては一番早いかもしれなかった。

　シライフで分離されたウイルスの遺伝子分析の結果が出て
いれば、パイリスとジャンセンを交えた話し合いは実りが多
いはずだ。

　それまでジャンセンに検体の準備をして、香港へ送ってお
いてもらえばいい。

　そのようにジャンセンに告げると、

「なるほどね……。それはいい。早速準備するよ」

　ジャンセンはすぐに応じた。

　岸辺は変異MERSの謎が一気に解けていくような確信を、
そのとき、感じだしていた。

　人為的変異MERSウイルスが存在しているエビデンスが得
られるかもしれない。

　しかしすでに感染率の高い変異MERSウイルスが出始めて
いるのだ。変異MERSはすでに撒かれている。急がなくては
ならない。

　変異MERSはすぐに広がりだす。１週間もかからないかも
しれない。

　致死率90％！　岸辺は焦っていた。

　そのような殺人ウイルスを人類はこれまで経験していない。

生のエネルギー

　岸辺は以前から顔なじみとなっていたＮ放送局科学部の飯田記者に連絡をとった。

　MERSが危険な状況に向かっていることを伝えたかったのだ。

「MERSですね。確か中東呼吸器症候群といいましたね」

　飯田はあまり気のない反応を示した。

　少し調べて上司とも相談してみます、と言ったが、たぶん返事は来ないような印象を岸辺は受けた。

　危険を煽る報道は倫理的に良くない。

　新聞記者たちはいつもそのように語った。

　しかし重大な危険性があることを社会全体に伝えるのは、報道機関の役割だ。古い時代は危険性も予知できなかったのだ。

　しかし現代は危険性がある程度予知できる。それを社会に伝えるのが報道機関の役割のはずだった。

　報道機関が自由に情報を発信できている状態が、民主的国家の定義ともいえる。

　ただそこで報道機関の情報選択に偏りが出てくると、民主

的国家は崩れてゆく。

　社会の多くの人々は報道機関の情報で、社会の状況と時代の変化を感じ取っている。

　報道機関の役割は、社会の中で政治を監視していると言っても過言ではなかった。

　岸辺はそう考えていた。

　これまでも大手新聞の記者に多くの情報を伝え続けてきた。

　だが、その中で岸辺が重要と考える情報が発信される確率は３割もなかった。

　危険を煽る？

　それはどういう意味なのだろうか。岸辺はいつも疑問に思った。危険性を伝える情報と、危険性を煽る情報とはどのように定義されるのだろうか、と。

　何度も記者たちに尋ねた。

「危険性がどの程度あるかを判断するのは私たちですよ。危険性が低いのに記事にするのは危険性を煽ることになるのです。それは週刊誌の発想ですよ」

　いつもそんな妙な答えが返ってきた。

　彼らは社会における危険性をどこまで予知できているのだろう。

かつての日本で、あの大戦争に突き進む危険性を社会に伝えた報道機関はあったのだろうか。

　社会の主流に乗って多くの人々が関心を抱くジャンルの情報。それを掲載し続ける現代の日本の報道機関。岸辺はいつも疑問を抱いていた。
　掲載する情報は購買力を上げるために、社会全体が興味を抱く内容に偏向している。

　報道機関が関心を持たないMERSの情報は、社会にとって重要性がないのだろうか？
　そう考えると岸辺は、自分が今とろうとしている行動の意味を見失いそうな不安を覚えた。

　12年前岸辺はハノイの病院でSARSと闘い続け、その中で死亡したWHO派遣の医師について情報をメールで日本の報道機関に送った。しかしどの報道機関からも返事は来なかった。
　それでも岸辺は"ハノイの病院から"と題して、SARSに関する情報を発信し続けた。
　そしていくつかの主要報道機関の若手記者と知り合うことができた。
　"ハノイの病院から"はＡ新聞で数回連載された。ある程度

の反響があったようだが、それはSARSに対する関心よりも、そのような危険な場所でボランティア的に働いている医師に対する関心からだったようだ。

その点、欧米の報道機関はSARSの実態を正しく伝えていた。WHOの発表、米国CDCの見解など、国際的報道機関からときどき発信されていた。

ハノイで岸辺もロイター通信やＡＰ通信の記者から何度も取材を受けた。

彼らは病院の中まで感染予防衣を身につけて取材に入ってきた。

彼らには戦場記者のような迫力があった。

基本的に国際通信社の記者たちは、WHOなどの大本営的発表を鵜呑みにしない。必ず自分たちの目で確認するか、国際的専門家たちの意見を電話などで聞いてから記事を書く。

見ているとハノイの病院内で自分たちの目で確認した事実について、その場から衛星通信で本社を通じて専門家たちに意見を聞いていた。そして２時間後には記事ができていた。

「先生、とてつもなく大変な仕事ですね」

かつてハノイでロイターの記者が岸辺に言ったことがある。

彼は２日後にはイタリアにいる、ハノイで死亡した医師の家族のインタビューを行う予定であると語った。

「人を救うことは大変なことだけど、死ぬということはあまりにも簡単なんです。それを私は世界に伝えたい。先進国はあまりにすべてに享楽的となっている。SARSは世界中に広がる可能性がある。そして世界中の良心的な医師がイタリアから来た彼のように死亡する可能性だってあるんです。先生もそう思っているから、SARSを食い止めるために日本から来たんですよね」

　フランス語訛りの英語で彼は言った。

　記者の操る大型のデジタルカメラのディスプレイには撮影した院内の光景が次々と流れていた。

　ロイターの記者の横顔を見つめていた岸辺の脳裏に、1960年代に戦場カメラマンとして活躍した岡村昭彦の写真集に大きく掲載されていた、反政府軍兵士と思われるベトナムの若い農民の表情が蘇っていた。

　ベトナムの戦場で射殺される前の青年のすべてを諦めきった、しかし瞳の奥から鋭い視線をカメラに向けた顔。

　その視線は間違いなく生のエネルギーに満ちていた。

　殺される直前の青年から、岡村は生のエネルギーをカメラに吸収していた。

　1分後に死ぬとしても、彼は生きているのだ。そこに岡村は"生"の普遍性を感じ取っていた。

　後に岡村はホスピス問題に関心を移した。

　多くの戦場で追い続けた"生"の続きが、がんの末期のホスピスケアにつながっていった。

　彼はインフォームド・コンセントの概念を日本に紹介した。

　岡村は戦場カメラマンから生の追求者に変わったのだった。

　確かに生とは何なのかという疑問は、医学が最終的に解決しなければならない命題だった。

　岸辺がハノイの、戦場にも匹敵するSARS患者で溢れた病院に向かったときも、基本的には生とは何なのかという疑問を背負っていたはずだ。

　その回答は得られなかったが、生を失う必要のない人々を、死から救うという行為が医師の役割だと信じていた。

　岡村昭彦は死にゆく兵士の表情をファインダーに収めた。そこには"生"があった。兵士は巨大なエネルギーで"生"を訴えていた。

　岸辺は死にゆくハノイの人々を多く救った。

　方法論は違っても、二人とも生を追っていたのは確かだった。

　由紀は岸辺が岡村と同じくらい危険な行動をとっていることを知っていた。

　しかしそれは岡村と同じように、極めて冷静な判断に基づ

いたものであることを理解できたし、またそれが岸辺の医師としての役割であることにも異論はなかった。

多くの医師は自ら危険には近寄らない。そして医の倫理すら持ち合わせてない医師も多いことは間違いなかった。

かつて、由紀はなぜ岸辺がハノイに行く必要があるのか、と問い詰めた。他にも医師は多くいるはずだった。

しかし今、同じような問いかけはしなかった。

岸辺は自分の意思で、医師としての役割を演じようとしている。

それはまさしく医の倫理なのだと由紀は信じていた。

変異MERSウイルス

当初はリヤド大学の感染制御部門と研究打ち合わせの名目でサウジに行く予定だったが、岸辺は結局休暇を１週間とって直接カイロに向かった。ジャンセンと多くの情報交換を行い、岸辺が一番恐れている生物兵器に対するジャンセンの考えも聞いた。

カイロからの帰路に香港大学のパイリス教授の研究室に寄って、すでにカイロから送ってあるシライフ株の遺伝子分析の結果を聞く予定にした。パイリスはコロナウイルスの遺

伝子分析では世界的に有名な存在だ。

　気流の関係か、機体が突然揺れた。

　ドバイから香港へ向かうキャセイパシフィック航空だった。

　シートベルトを着けるようにフランス語と英語でアナウンスが入った。

　ドバイを発って１時間ほど経っていた。夕方７時近かった。まだ10時間はかかる。

　周辺からはフランス語が聞こえてくる。

　隣の席のＴシャツにジーンズ姿の米国人と思われる男性は、書類のチェックに余念がない。

　機体がまた揺れた。

「シライフの検体は昨日香港に届いたようだ。パイリスからメールが入っている」

　エジプト系米国人のドクター・ジャンセンは、医師とは思えないような逞しい筋肉質の腕で岸辺と別れ際の握手をした。

「シライフ株、これが世界の一巻の終わりを招くかどうかは、遺伝子分析の結果である程度は分かりますね」

　冗談ぽく岸辺は言ったが、声は上ずっていた。

　岸辺は自分たちがSF映画のロケシーンにいるような錯覚を覚えた。

怖い。確かに怖い。

SF映画なら、どのようにでもストーリーは展開できる。

しかし現実の世界では、そのストーリーを読み取るには、卓越した頭脳が要求された。

カイロで岸辺はジャンセンとストーリーを必死になって読み取ろうと会話を続けた。

そして今、その結末に向かおうとしている。

どのような結末？

過度の緊張感から、前頭葉から出る神経の刺激の流れは、勝手にSFの世界を漂いだしている感じだった。

シライフの病院で分離された、致死率の高い変異MERSウイルスは、すでに香港大のパイリスの研究室に届けられている。

パイリスの研究室で遺伝子分析を行い、フェレットでこのウイルスの毒性を確認する。人での致死率は推定で80％は超えている。感染フェレットはすべて死亡する可能性が高い。

シライフの病院で感染者から得られた変異MERSウイルス。

それは人為的遺伝子改造がなされているウイルスのはずだ。岸辺とジャンセンはそう確信していた。

パイリスによってシライフ株の特性が確認されたら……。

危険な変異株であることが確認されたら……。

　その後のことについてはいまだ二人の間で検討されていなかった。

「人類消滅？」

　岸辺は冗談のつもりでジャンセンに言ったが、

「いつかは人類は消滅するさ」

　ジャンセンはあまり表情を変えずに、スペイン語で答えた。

　スペイン内戦を舞台とした映画、『誰が為に鐘は鳴る』の主人公ゲイリー・クーパーを彷彿させるように語るジャンセンの言葉は、いつも自信にあふれて聞こえた。

　スペイン語は苦手とする岸辺だったが、言葉は十分伝わった。

　たかがウイルスと人々は言うに違いない。

　しかしシライフで分離されたこの変異MERSウイルスの場合は、人類の多くを死に追いやる可能性があった。はっきり言うと人類全滅もあり得た。

　そんなウイルスが存在するのか？　多くの人はそう言うかもしれない。

　電子顕微鏡でようやくとらえることができるウイルス粒子が、核と同じか、それ以上の武器としての効力を持つことを多くの人は知らない。

　原爆や水爆とは質的に異なる。

　しかしそれ以上に地球上の人類の破滅につながる可能性が

ある。
　自然の摂理に従って変わってゆく地球環境の中で、遺伝子が繊細ではあるが、人工知能以上に賢く、多彩にウイルス本体を操る事実を、多くの人は知らずにいる。

　神が、悪の誘惑に負けてしまった人類への"罰"として、ウイルスを創造したのかもしれない。
　1個のウイルスが、地球上のすべての人類の命を奪うことが可能なのだ。それは多くの人々にとって驚きだろう。もしかしたら、ウイルス学者ですら、驚くかもしれない。
　遺伝子、それがすべてを決定している。
　岸辺はそう考えている。科学的論理思考に基づいた上で、宇宙のブラックホールを見るがごとく、感性を広げ、真実を感じ取るのだ。

「これまでの自然発生したMERSウイルスは変異し続けて自然消滅する可能性がある。それは自然の摂理のやさしさだ」
　ドクター・ジャンセンはそのように言った。
　しかし今、新たな変異MERSウイルスが広がっている。
　それはオランダの研究陣が作製した人為的変異ウイルスだと、岸辺とジャンセンは考えていた。
　遺伝子を詳細に分析すると、これまでのウイルス遺伝子の一部が人為的に組み換えられている可能性があったが、多く

の研究者には自然変異と区別がつかないはずだった。

「そいつが研究室から持ち出され、今、サウジやイラン、そしてイラクで広がりだしている。想像だが……」

　ドクター・ジャンセンはそう言ってから一呼吸置いた。

「そいつはパンデミックを起こし、世界で10億人以上は殺す可能性はある。かつてのスペイン風邪以上だ。人為的作製変異ウイルスは怖い。自然の摂理に従わない。自然に消えはしない」

　ジャンセンの頭脳は間違いなくノーベル賞級だ。岸辺は会話をする度にいつもそう思った。

「……でも問題はその変異ウイルスの遺伝子構造なんだ。致死力に関与しているジーナイン（G9）サイトがどのような遺伝子構造なのか、それが大きな決め手になる。通常のMERS遺伝子ではないはずだ。人での致死率90%以上を決定しているG9サイトを埋めている遺伝子だ。どこから来たものなのか……」

　ジャンセンはまた一呼吸置いたようだ。

　健全だった企業が、突然ブラック企業に変わった。経営幹部が入れ替わった。どこから来たのだろうか。幹部たちの部屋は、遺伝子のG9サイトだ。

　遺伝子配列の中のG9サイトが致死力に関係する遺伝子であ

ることは、最近知られた事実であった。

　現在、色々なウイルスの遺伝子と組み換え実験が行われている。しかし、そのG9サイトに存在する遺伝子と交換できる、他の遺伝子を簡単には見つけることは難しいと言われていた。

「もちろん無力な単なるコロナウイルスの遺伝子なら挿入することもできるだろうが、本当に無力かどうか、それを確かめるのも難しいし、そうした実験がどれほどの意味を持つか……。訳の分からないコロナの変異株を作っても子供のお遊びのようなものだ。もっともできた変異株は短期間で消滅するだろうが」

　ジャンセンは、そう言って岸辺の肩を叩いた。予想外に強い力だった。

　そして突然思いついたかのように、付け加えた。

「俺が恐れているのは3X出血熱なんだ、本当のところはね」

「えっ！」

　岸辺は思わずジャンセンの顔を見た。

　岸辺から目を逸らし、ジャンセンは軽く2回ほどうなずいた。

　3X出血熱ウイルスか……。

　岸辺は呟いた。

　感染症専門医にとっては、それはMERSを超える怖さだろ

う。

　アフリカ中部でときどき発生する致死率90％のウイルス性感染症だ。

　1980年に発生したときには、人類の危機とも言われたが、発病者が周辺にウイルスを拡大する前に死亡することが多く、発病者を隔離することで世界への拡大防止が可能となっている。

「3Xは潜伏期間が長い。発病まで２日から３週間の幅があるけど、この3Xの遺伝子が入り込んだ変異MERSウイルスの発病までの潜伏期間も当然長くなり、そのため感染５日後頃から２週間近く、感染したことを知らない患者により、周辺にウイルスが撒き散らされることになる」

　ジャンセンは最後の言葉を呟くように言うと顔をしかめた。「しかし、さらに怖いのは、本来は空気感染しない3Xだけど、MERSウイルスの遺伝子に組み込まれた場合、空気感染を起こす可能性が高いことだ。現在のMERSの特性が影響するのだろうが」

　3X出血熱が空気感染するようになれば、MERSよりも悲惨だ。3X出血熱の症状は多彩すぎる。MERSと3Xの症状が混じりあって、国境を超えてパンデミックを起こしたなら……。

　岸辺は目を閉じた。複数のイメージが頭の中で交錯しだしていた。

3X出血熱ウイルスの遺伝子がMERSウイルスの遺伝子に入り込む……。遺伝子再集合だ。

　そのような発想を岸辺はしたことはなかった。

　実際にそういう事態が起き得るのだろうか。岸辺の脳裏では様々なイメージが重なり合った。

　ジャンセンは続けた。

「発病前からウイルスが呼吸器から飛散される可能性が高い。都会だと潜伏期間の長い発病者の場合、発病まで1人で10人以上にウイルスを感染させる可能性がある。そうなると理論上2〜3ヶ月で大都市の人口は半減する。致死率は90%を超えるからね」

　ドクター・ジャンセンはそう言って、しばし押し黙った。言葉では簡単に言えるが、現実にそのような光景が周辺に広がったときのことを考えたのだろう。

　しばらくして続けた。

「3Xは本来は空気感染しない。感染者との接触を避けることで予防は不可能ではなかった。しかし……MERSの遺伝子に組み込まれたことで、3X出血熱自体も空気感染して広がる。最悪の遺伝子同士の組み合わせだ」

　確かに、最悪の組み合わせだ。C国とR国が合体するようなものだ。

　3X遺伝子が加わった変異MERSウイルス。もしそのような変異ウイルスが誕生したなら、時間とともに人類の大多数が死に絶える。

　途上国の山奥に住む一部の人々は生き残る可能性はあるが、ウイルスが存在する限り、そうした人々もいずれは死に絶える。

「3XとMERSとの遺伝子組み換えが誰かによって実際に行われるか、またはすでに行われたかだけど、君にも想像できると思うけど、技術的にはそんなに難しくはない。専門家の中には、MERS遺伝子G9サイトに人で最も恐ろしい3Xの遺伝子を組み込むことに興味を持つ奴が現れるのは間違いはない。遺伝子操作は面白いし、結果によっては大論文もできあがる。ただし発刊はあの世でだろうが……」

　ドクター・ジャンセンの顔が紅潮した。

※◁◀▷▷◁※

　WHOは、3Xの遺伝子がMERSウイルスに入り込むなどとは予想はしていない。

　ドクター・ジャンセンは、そうした可能性に気づいているのは自分と部下の研究者数人、そして米国のCDCと国防省だけだと言う。

　WHOは国際高級官僚組織にすぎない。

現場で情報収集している各国から出向してきている医師たちは確かに苦労している。

　しかし政治的強制力をまったく持たない彼らは無力だったし、それをWHO上層部は十分サポートしきれていなかった。

　WHOといっても所詮は国連の一組織だ。

　国連が政治的力を失ってから久しい。20世紀は確かに国連は力を持っていた。しかし冷戦終結後は世界の政治力の中心は米国、中国、そしてロシアへと移りつつあった。

　簡単に言えば経済力と核兵器の保有数により世界の中枢になれる。

　しかし核は兵器としては使いづらい。

　代わりにサリンのような化学兵器も保有している国もある。

　でも化学兵器は局地的に使えても、世界中に撒くことは不可能だ。

　代わりに有望視されている近代兵器として生物兵器が候補となってきた。

　生物兵器。

　言葉は知られているが、その実態はほとんど知られていない。せいぜい昔流行し、今は封じ込まれた天然痘ウイルスが一般的には知られているだけだ。

　米国の兵士は天然痘ウイルスが生物兵器として撒かれたときに備えて、ワクチン接種を受けているはずだった。ワクチンは日本にも用意されている。

　感染力の強いウイルスが生物兵器として利用されだしたら、核の数倍は強力だ。放っておいても、人から人に感染する間、かってに自己増殖して増えてゆく。

✂✂✂✂

　機体が揺れた。

　窓の外には青空が広がっていたが、下界は雲で覆われていた。

　下界から空を見上げる人々には分厚い雲しか目に入らないだろう。

　地球は青かった。かつて宇宙飛行士がそう語った。

　その美しさは写真で見ても、普段自分たちの目に入っている地上の光景とは異質だった。

　岸辺は、ふと、宇宙船から送られてくる地球の映像が、電子顕微鏡で見るウイルス粒子に似ていると思った。

　窓から空を見上げた。

　青さの中に微かに無数の星が見えるはずだった。

　それは、今自分たちにも見えないMERSウイルスの群れのように感じた。

　無限といっていいウイルス粒子にも似た星の散らばり。そ

こに"変異ウイルス"はいるのだろうか。

　もしかしたら地球は無数の星の中の変異ウイルスの一つなのかもしれない。岸辺はそんな空想に耽った。

　岸辺は下界に視線を転じた。まだアラビア半島のはずだった。

　無数のMERSウイルスがラクダやコウモリ、そして植物の葉や実に存在している。

　それは適当な悪さをしてはいるが、人類消滅は起こさないはずだった。

　しかし今、地球消滅、いや人類消滅を起こす変異MERSウイルスが誕生した。

　天空に無数に見える星の中に次々と現れてくる新しい星。それは数十億年以上前に現れたものだった。

　MERSウイルスはいつ現れたのだろう？

　ウイルスは細胞に侵入し、その中の遺伝子を利用して増殖する。

　細胞が地球上に現れたのは、宇宙レベルで考えたら、つい最近のことだろう。

　岸辺は思った。今、地球上で何が起きても、宇宙では一瞬の瞬きだ。

◁◁◁◆▷▷▷

　ジャンセンはさらに独り言のように言葉を続けた。
「もし人為的に作製されたのなら、この3X遺伝子が組み込まれたMERS変異株は、奇跡の産物といえるかもしれない。3Xの遺伝子がMERSウイルスにすっぽりと組み込むことができたのだから誰も信じられないはずだ。感染率80％以上、致死率95％。こんな致死的ウイルスは自然界の変異過程では絶対起き得ない。起きても感染した生物はすぐに死に絶え、ウイルスも同時に消え去る。それが神が決めた自然の摂理だ」
　ジャンセンは曖昧な笑いを浮かべた。自分の話がどれほど真実に近いものか、自信はないのだろう。だからといって完全に虚言ではない。

　一呼吸置いてジャンセンは続けた。
「まさしくがん細胞と同じさ。我々の体内では次々とがん細胞が誕生している。でもほとんどの細胞は増殖できずにすぐに死に絶える。免疫という生体の防御機構のせいだね。神が創造した自然の摂理だ。しかしこのG9変異MERS株は人為的に増やすことができる。人に感染しても、このウイルスは人の免疫の干渉を受けない。変異MERSの特性だ。免役回避。結果的に感染した人間の抗体作成力は弱い。このウイルスは

すでに自然の摂理を超えてしまっている。神の手の届かない次元にいるんだ」

　ドクター・ジャンセンは軽く首を振って、大きな目で岸辺を見つめた。

　人の免疫に干渉されない。そして人の免疫に認識されづらいから抗体が十分産生されない。

　ときどきそういうウイルスはいる。しかし毒性がほとんどなければ、自然に人の体内で消えてゆく。

　しかしこの変異MERSウイルスは致死率90％以上で人を殺す。

　とはいえそれはフェレットで得られた実験結果にすぎない。実際の人の感染で確かめられたわけではない。

　岸辺は、そのように強くジャンセンに反論したかった。

　しかし、現在、変異MERSは間違いなく人の防衛力を払いのけるように、シライフや他の中東の病院で拡大している。

　客室乗務員が置いていったコーヒーが冷めかかっていた。

　苦みの強いキリマンジャロだ。

　微妙な味わいを楽しみたい自分にはちょっと口に合わない、岸辺はそう思いながら口にした。

　由紀ならブルーマウンテンをお願いしただろう。

　MERSはウイルス変異によって間違いなく、この地球とい

う惑星に存在する人類を滅ぼすだけの能力を獲得するかもしれない。

　もしも、変異MERSウイルスに、凶悪とも表現できる3X出血熱ウイルス遺伝子が組み込まれたならではあるが。

　それは最悪だ……。それが人為的操作により行うことが可能だとしたなら。

　岸辺は頭の中を交錯するイメージに、意味もない焦りを感じた。

　世界のいくつかの研究室ではウイルスの遺伝子組み換えにより、ウイルスの性状がどのように変化するかを分析している。

　いくつかのインフルエンザ遺伝子を既存のインフルエンザウイルスの遺伝子と置き換え、非常に危険性のあるインフルエンザウイルスに変化したことを報告する論文さえ発表されているのだ。

　実験の目的がよく分からない。業績争いかもしれなかった。

　しかし言えることは、それは非常に危険だということだった。

　生物兵器に転用される危険性があった。

　研究者は、現存のインフルエンザウイルスがどのような過程で、より危険性あるウイルスに変わり得るかを知ることは、

対策上重要であり、またワクチン作製にも必要な研究であると主張していた。

　一方、生命倫理専門家や軍事評論家たちの中には、生物兵器の開発にも似た危険な研究との声も上がっていた。

　研究成果が軍事用にも民生用にも利用できるデュアルユース（dual-use）研究である。

　核開発が原発に向かうか、戦略兵器に向かうかと同じだ。幹の部分はまったく同じであっても。

　札幌からサウジに発つとき由紀は、気をつけてね、とだけ言った。

　MERSよりも危険な感染症が世界に広がる可能性があることは、由紀はすでに知っていた。

　もしかするとシライフ株はMERSと出血熱のハイブリッドであるかもしれない。それは地球上に生きている人類にとって、最悪の事態が到来する可能性を示唆している。

　由紀にそうした可能性を岸辺の口から伝えるとしたなら、いつになるのだろう。岸辺は目を完全に閉じた。言葉がない。多くの言葉を知っていても、重要な事実を伝えるべき言葉がないことに岸辺は気がついた。

　自信に満ちた言葉で紙面のトップを飾る新聞記者なら、どのような言葉を並べるのだろうか。

"人類破滅の危険性、高まる？"
"致死的ウイルスの拡大を抑える国際会議が開催"
"既存のワクチンも救えない変異MERS"

　岸辺もジャンセンもそこまでの論議はしていなかった。
　というよりも、してもその方向性は見えない可能性があった。
　実のところ、二人とも口には出してないが、結局はシライフ株が予想しているほど、凶悪ではないことが確認できる気がしていた。根拠はなかった。神頼み的発想だった。
　最悪でもスペイン風邪と並ぶ程度だろうか……。
　1920年頃で死者数は5000万人前後だった。当時の世界の人口は20億人。現在なら1000万人以下だろう。
　最悪のエビデンスが予想されると、思考はできるだけ安易な方向に流れようとする。

発病者

「ドクター！」
　突然客室乗務員に声をかけられた。
　半分眠っていたようだ。

顔を上げた岸辺は、なぜ自分が医師と分かったのか不思議だったが、すぐに理由が分かった。

　BMJ（英国医師会雑誌）を手にしていたからだろう。

　岸辺はうなずいた。

　面倒なことが起こった予感がした。

　患者が発生したのに違いなかった。

　自分は臨床的に感染症が専門ではあるが、心筋梗塞などの心疾患は慣れていない。

　乗務員の女性は、後方の席で男性が意識を失って倒れたと小声で告げた。

　岸辺は周囲の客に目を向けた。

　乗務員と岸辺の話のやりとりが聞こえていたはずだ。他に医師がいるかもしれない。

　しかしそれらしい雰囲気の客はいないようだった。

　岸辺は乗務員と一緒に後部の乗務員専用休憩スペースに急いだ。

　倒れたという男性は、初老の中国人に見えた。意識はあり、問いかけにある程度の反応は示したものの、額から汗が滴っていた。熱も出ている。

　岸辺は乗務員から体温計を受け取ると、腋の下に挟んだ。そのとき患者が突然咳き込んだ。岸辺は反射的に顔を背けた。

　気がつくと乗務員たちはみんな大きなマスクを着けて、予防衣を身に着けていた。

　岸辺にもマスクが手渡された。外科用マスクの着用で、通常の飛沫物質はウイルスを含んでいても呼吸器に入るのは防ぐことができた。

　しかし飛沫物質は目にも入るし、顔全体、さらには髪の毛にも付着する。外科用マスクだけで、インフルエンザやMERSなどのウイルス感染を完全に防ぐことはできない。

　しかしまったくの無防備状態よりはましだった。

「ドクター？」

　乗務員が岸辺に尋ねた。病状を知りたいはずだ。岸辺は首をひねった。体温が39℃を少し超えていた。要するに高熱を出して倒れたのだ。

　MERS？

　この男性はドバイの空港から乗ったはずだ。MERSの可能性がある。

　乗務員たちもMERSを恐れているようだ。航空会社ではMERSの情報と、その予防方法を乗務員たちに十分伝えている。

　気がつくと、５列ほど席が空けられて乗客は前方に移動さ

せられていた。

正しい措置だ。

航空機内はフィルターを通した滅菌エアーが上下に層流となって流れ、病原体が空気に乗って前後方向に拡散するのを防いでいる。

先の新型インフルエンザの際も、患者の前後の列では感染者が発生したが、それ以上の距離では発生していない。

高熱のせいもあるのだろうが、初老の患者の呼吸は速かった。

とりあえず患者に酸素吸入を行って、上着とワイシャツを脱がし、氷で両腋下と腹部の左右を冷やすように乗務員たちに指示した。

聞くと機内に鎮痛解熱剤のアセトアミノフェンが用意されているという。500mgの錠剤を服用させた。それほど強い作用の解熱剤ではないが、1度程度は体温を下げるはずだ。

時計を見た。

香港までは3時間を切っている。しかし2時半という深夜だ。熱さえ落ち着けば何とか状態は良くなる。岸辺はそのように乗務員に伝えた。

しばらくして携帯電話が岸辺に渡された。

　頼んでいた衛星電話だ。

　香港大のパイリス教授の研究室につないでもらっていた。岸辺が朝方着くのは分かっているはずだから、研究室には誰かがいるはずだった。

　予想外に秘書が電話に出た。

　岸辺は状況を簡単に説明した。

　秘書はしばし周辺の医師たちと相談していたようだが、突然受話器に歯切れの良い日本語が飛び込んできた。声に聞き覚えがあった。衛星電話は音声増幅率が高いので声が大きく聞こえるようだ。

「岸辺先生ですね。九大の山城です」

　九州大学付属ウイルス研究センターの山城准教授だった。

　数回研究会で顔を会わせたことがある。

　5歳年下のはずだった。

　九州大学の博士課程を終えた後、彼は米国CDCのインフルエンザ研究部に5年ほどいた。その後香港のパイリス教授に請われて香港大に移った。

「ドクター・パイリスから話は聞いてます。機内で患者が出たということですね？」

　岸辺は患者がアラブ首長国連邦のドバイから乗り込んだということと、高熱を出し、時折湿性の咳をしていることを伝

えた。

「MERSの可能性ありますかね……」

　山城はそう言ってから周辺の関係者としばし相談していた。

「空港の方に感染症センターの救急車を回しておきます」

　と言ってから、「感染には注意してください」と付け加えた。

　自分が感染……。

　岸辺はそれほど意識していなかった。すべての行動は反射的だった。

　ふと先ほどの患者の激しい咳き込みを思い出した。

　しかし……。

　岸辺は苦笑いした。

　MERS専門家の自分が感染したとなると、ちょっとしたニュースになるかもしれない。3週間近く入院する必要が出てくる。

　そんなことを考えながら岸辺は患者の顔を見つめた。

　体を冷やしているせいか、意識が完全に戻ったようだった。

　何とか英語で会話は可能になった。

　患者は香港国籍でドバイに1週間ほど商用で滞在していたようだ。昨日から何となく寒気がしていたらしい。だが、気になるほどの咳は出ていなかったという。

　症状からは、MERSか単なる風邪か分からない。

　香港空港に着いたら、たぶん迅速診断でMERSの鑑別を行

うだろう。

　MERSとしても、従来株なら発病初期だから感染率は低い。まだ周辺に感染するほどのウイルスは飛散してないはずだ。岸辺はそう思った。

シライフ株の脅威

　早朝５時半、香港に着いた。

　空港に着くと機内の乗客は岸辺も含めて、空港近くの香港保健庁特殊感染症センターへバスで運ばれた。機内にいた乗客や乗務員はすべてMERS感染疑い者として、とりあえず隔離されるのだ。

　パイリス教室の山城准教授も予防衣姿で出迎えてくれた。

「シライフの変異MERS、広がっていますね」

　周辺に聞こえないような小声で山城は岸辺に耳打ちした。

「君も大変だったね。緊急出動だったんだろう、これは」

　岸辺は少し大げさな言い方をした。

「実は別件で待機中だったんですよ。突然、バリ島で鳥インフルエンザに数人が感染して死亡したとの米国CDCからの極秘情報があったんですが、どうもサウジの巡礼帰りから感染したMERSの可能性が高いようなんです。変異型かどうかは

まだ分かりませんが……」

「鳥インフルエンザ……、H5N1か？　妙だね」

　今年はH5N1鳥インフルエンザの人感染はインドネシアから２例しか報告されていなかったはずだ。バリ島でのヒト感染例は以前に３例程度あったかもしれない」

　そう言って岸辺は少し考え込んだ。

　今、H5N1の人感染例が出るのは妙だ。鳥インフルエンザは冬期間に感染力が増すはずだった。

「サウジ帰りの巡礼者から感染となると、やはりMERSだろうか。そして周辺への拡大が起き始めているということだろうか……。まずいな、変異MERSなら広がりは速い」

　山城は、詳細はインドネシア保健省が調べているが、極秘情報としてその後６人の感染者が出ていて、すでに４人死亡していると小声で伝えた。

　H5N1鳥インフルエンザは感染すると致死率50パーセント以上であるが、ヒト−ヒト感染はいまだ稀だった。ヒト−ヒト感染を頻繁に起こしだしたなら、それはウイルス変異の証拠だ。危険なサインとなる。

　MERSの可能性が高いと岸辺は思ったが、変異MERSウイルスだとしたなら、バリ島ならすでに住民の１割程度は感染している可能性がある。変異MERSの感染は非常に速い。

「悪夢だね、変異ウイルスだとしたなら」

　岸辺は呟いた。

「それよりも、まずは先生が感染してないことを確認することが先ですよ」

山城は声をひそめた。

その通りではあったが、岸辺の論理の回路は乱れっぱなしであった。

特殊感染症センターのロビーで、鼻腔から鼻咽頭に綿棒を入れて、鼻咽頭の粘液を採取してウイルス検査が全員に行われたが、MERSウイルス陽性者はいなかった。

しかし全員、近くの隔離用のホテルに10日間足止めされることになった。まだ感染初期でウイルス量が少ないため、検査で陽性にならない可能性があったことと、症状の出現の観察のためだった。

もっとも機内で倒れた患者の喀痰検査でMERSウイルスが検出されなければ、その時点で解放の予定にはなっていた。

あの患者はMERSだろうか。

岸辺は状況からMERSの可能性が高いと考えていた。となると咳を浴びた自分は感染したかもしれない。

ホテルの個室に入ってベッドの上でぼんやりと複雑なレリーフ模様が入った天井を見つめながら、岸辺はそんなことを考えだしていた。

岸辺は思案した。由紀に香港に着いたことを知らせる必要がある。ドバイを発つ前に電話したが、何度も気をつけてと繰り返していた。

　由紀の携帯はすぐ反応した。時刻から岸辺が香港にすでに到着していることは分かっていたはずだ。

　岸辺は最初の言葉に一瞬詰まった。予定していたようにスムーズに出なかった。

　由紀に心配させないための言葉は用意していた。しかし言葉は言語中枢を介するが、その回路の中で概念が空転しだすと作為的言葉しか出てこない。そうした言葉を発することは岸辺は得意でなかった。

　由紀が岸辺の言葉を遮るように聞いてきた。
「着いたのね。無事なのよね？」
「もちろん無事さ」
　岸辺はそう言って、次の言葉を一瞬探した。
　今度は由紀が岸辺の言葉を待ったようだ。
「機内で発熱者が出てね。そのため隔離用ホテルで待機させられるはめになってしまった。心配はないけど」
　岸辺は冗談ぽい言い方をしたが、岸辺のいつもの言葉遣いと違うことに由紀は気づいたようだ。
「MERSね……。私も香港へ行くわ」
　由紀の言い方は断定的だった。

「そんな必要はないよ。MERSだったとしてもうつらないさ」

「でも、あなた、その患者さんの診察をしたでしょう」

　由紀は岸辺の行動は見抜いていた。

「長時間接触したわけでもないし、気管挿管などの医療行為をしたわけでもないから、感染の可能性は低いさ。心配はないよ」

　岸辺は言葉とは裏腹に、不安感が増していた。

　咽頭スワブ（綿棒で咽頭粘液を採取）での陽性率は低いことは、WHOが最近発表していた。

　確定診断のためには、喀痰中のウイルス検査を行うべきと警告されていた。由紀はたぶん、それは知っていたはずだ。

「でも行くわ。今からなら今日の便がとれるはず」

　由紀は1週間の休暇をとり、香港に来ると言った。言い出すと後には引かない。

　岸辺は大学の山田准教授に電話した。

　問題なくつながった。岸辺には気になっていたことがあったのだ。留守役の山田への頼み事だった。

　山田は携帯にすぐ出た。

「岸辺だ！　元気かい」

　岸辺の声に驚いた山田は自然と声が大きくなったようだ。

「先生こそ元気ですか？　みんなで心配していたんですよ。中東での変異MERS、広がりが速そうでしょう。うちのKSBLab

へのアクセス数は対数的増加ですよ」

　山田は少しうれしそうな声で告げた。

　岸辺は少し驚いたが、同時に気になることも増えた。

「君に頼みたいことがあるのだけど、シライフ株の感染者数、
これは世界での総数でいいのだけど感染者数と死者数をグラ
フ化してページに載せてくれないかな。どうも感染者数の変
化が気になるんだ」

　一瞬山田は考え込んだようだ。

「対数的増加グラフになると思いますが、すぐにラボの方に
加えておきます。他に何かしておくことはありますか。明後
日にはお帰りの予定ですよね」

　岸辺は一瞬考え込んだ。

「気がつかなかったけど、ナスビアのグラフも加えられる？
……また頼み事ができるかもしれないけど、そのときは携帯
を鳴らすよ。都合が悪いときは電源をオフにしていても構わ
ないけど」

　山田は周辺の院生の手を借りながら、自動的にグラフを描
かせるプログラムをすぐに作製するはずだ。プログラミング
は彼の特技に入る。

　朝にパイリスから岸辺の携帯に連絡が入った。

「隔離されたんですね」

　パイリスの語調はそれほど冗談ぽくはなかった。

　そして予想外の話をした。

「機内の患者は死亡しました。3X出血熱かもしれません」

「3X！」

　岸辺は思わず叫んだ。

　電話口でパイリスはうなずいたようだ。

　今、西アフリカで流行が拡大している3Xウイルスの致死率は9割だった。

「死んだ……」

　岸辺は首をひねった。昨日の昼間見たときはそんな短時間に死亡する状態ではなかった。

「今、剖検中ですが、症状からいって3Xを考える必要があると思いますね」

　そう言ってパイリスは押し黙った。岸辺が患者と接触していたことを客室乗務員に聞いていたのだろう。

「3X出血熱ね……。ときどきそうした突然死はあるな」

　岸辺は呟きに近い声で日本語で言ったが、すぐに英語に置き換えた。

「うつったかな？」

「PCRにかけていますが、まだ早いので陰性に出るでしょう。……ウイルス飛散後まだ早いから周辺への感染は起きてないはずです、たぶん」

　パイリスはたぶん、大丈夫であると岸辺を勇気づけたかったようだ。

もし自分も感染していたら死ぬかもしれない。それは自明のことだ。岸辺の頭の片隅に、そんな思いがゆっくりと座り込んだようだった。

　最近西アフリカの3X出血熱治療センターで医師の死亡が報告されていた。ナースも数人死亡の報告が伝えられている。発病者の血液や汗などの体液から感染しているようだ。

　感染しても特に治療法はない。対症療法で何とか回復する可能性を信じて待つだけだった。

　岸辺の不安感を打ち消すかのように、パイリスが慰めるように言った。

「治療方法はありますよ。あまり心配しなくてもいいです。3Xに関してはまだ実験段階だけどいくつかこちらに開発中の治療薬はありますし、早期なら効くはずです。あと回復患者の血漿療法もこれまでのデータを見る限り有効性は高いですし……」

　パイリスの言う3Xの開発中の新薬については岸辺は知らなかったが、回復期患者の血漿を投与する、いわゆる免疫療法に関しては、香港は実績がある。

「使うとなったら、ドクター・キシベはモルモットになりますが、絶対効きますよ」

　パイリスは"効く"という言葉を強調した。

「でも3Xと決まった訳ではないですからね」

　そう言うとパイリスは、また連絡しますと言って電話を切っ

た。

　岸辺の脳裏に夜に香港空港に着く由紀の顔が浮かんだ。

　着くとすぐに電話をかけてくるだろう。自分はなんと答えるべきだろう。

　そのとき岸辺は初めて身体の疲れを覚えた。ベッドに横たわった岸辺の頭の中は、混乱し続けていた。

　問題を整理する必要があると思った。それから由紀に善意の嘘をつかなければならない。

「心配ないよ。安心して！」

　もちろん、こんな言葉を由紀が簡単に信用してくれるとは思えない。由紀の心配を取り除くことができる的確な"言葉"を見つける必要がある。

　しかし、そんな言葉は存在するのだろうか？　岸辺には荷が重かった。

　しばし考えているうちに岸辺は結論を得た。

　由紀には本当の話をしよう。どんな言葉を使っても、由紀は真実を見破るはずだ。

　心配を覆い隠しても由紀は見破る。

　そして言うに違いない。

「なぜ本当のことを言ってくれないの？」

　由紀は岸辺の抱く心配を共有しようとするだろう。そして少しでも岸辺の不安を分かち合おうとする。

岸辺は明確になっている事実をまとめた。それを由紀に伝えようと考えた。

　インドネシアでMERS患者が出ているようだ。サウジアラビアでの巡礼帰りから感染した可能性が高い。
　ウイルスは変異MERSに違いない。シライフ株だ。致死率9割を超える。
　ウイルスは世界に広がりだしている。

　パイリスによると、機内で倒れた患者は3X出血熱の可能性があるという。MERSと並ぶ致死的感染症だ。
　彼はドバイ空港から乗ったが、それ以前に3X出血熱が流行中の西アフリカにいたようなことは言ってなかった。
　ドバイで、1週間仕事で滞在していただけとされている。

　変だ。そのとき岸辺は気がついた。
　彼はどこで3X出血熱に感染したのだろう。
　岸辺の脳裏で何かが閃いた。
　これは変異MERSだ！
　G9サイトに3X遺伝子が乗った変異MERSだ。

　岸辺は急いでパイリスの携帯に電話をした。
　すぐにパイリスの声が聞こえた。

「あの患者は本当に3Xだろうか。もしかすると3X遺伝子が組み込まれた変異MERSウイルスではないだろうか。彼は西アフリカには行ってなかったはずだ。3Xに感染する可能性は低い。むしろ3X遺伝子が取り込まれたG9変異MERSの可能性が高いのじゃないだろうか。それならドバイで感染した可能性はある」

岸辺は一気に続けた。

「彼が感染したのは変異MERSウイルス、シライフ株だ。それはMERSに3Xの出血症状が加わる」

話しているうちに岸辺は自分の考えに確信を持ちだした。

パイリスはしばらく考え込んだようだった。

岸辺の頭の中は、何か新発見をしたかのように、いくつものイメージ画像が交錯しだしていた。

しばらくして、呟くようにパイリスが言いだした。

「G9変異MERSウイルス……。MERSウイルスの遺伝子G9サイトに、3X遺伝子の一部分が置き換わった人為的作製株。なるほど……患者の剖検で3X類似の所見があったのは、MERSに3Xの出血症状が加わったせいではないかというのがドクター・キシベの意見ですね」

二人の意見は瞬間的には一致しなかった。どちらにも言いたいことがたくさんあった。

岸辺はMERSの診断検査は陰性だった。しかし3Xの検査はしていない。岸辺は3Xに感染した可能性はあるのだろう

か?

　二人の脳裏に浮かんだ言葉は同じだったはずだ。

　先に口にしたのはパイリスの方だった。

「いずれにしても遺伝子分析を急ぐ必要があります。何とか明朝までに3Xか変異MERSかは鑑別できると思います。話は大きくなりますね。これが拡大すると……」

　パイリスは話を止め、ため息をついたようだ。もしG9変異MERSウイルスが世界中に拡大すると、人類破滅につながる。

　センターで使っているMERS診断薬では、3X出血熱ウイルス遺伝子が組み込まれていると、陰性になるのだろうか。理屈では陽性になってもいいが……。

　3X出血熱対応の新薬は、たぶん変異MERSには無効だろう。

　事態は困難な方向に向かい続けている。

　しかしその前に岸辺も感染しているとしたなら、岸辺の死は避けることができない。

　岸辺はパイリスが言葉を止めた理由は分かっていた。

　遺伝子分析で何かが分かったらすぐに連絡すると言ってパイリスは電話を切った。

G9変異株の謎

　夜になって電話をかけてくる由紀に、なんと話せば良いのか岸辺は迷い続けていた。

　MERSの疑いなの？

　由紀は尋ねるだろう。

　携帯が鳴った。

　半分眠っていた岸辺の心臓が目覚めて早鐘を打ちだした。

　時計を見た。まだ午前中だった。

　由紀ではない。パイリスだろうか。

　しかし聞こえてきた声はカイロのジャンセンだった。

「無事に着いたようだね。ドクター・パイリスから連絡が入った」

　そう言ってからジャンセンは一呼吸置いたようだ。

「例のG9変異株の件なんだけど、どうも話が複雑になっている」

「複雑？」

　岸辺の頭は眠りから完全に覚めた。

　ジャンセンが続けた。

「情報によると、ナスビアのコウモリでMERSと3Xのウイ

ルス遺伝子が再集合した可能性が出ているんだ」

「コウモリで遺伝子再集合？」

　思わず岸辺は聞き返した。

　再集合とは、２種類のウイルスが同じ個体に感染して、感染した細胞内で遺伝子組み換えを起こすことだ。遺伝子構造が似たウイルスではよく起こる。各種のインフルエンザウイルスが豚に感染して、ウイルス内の遺伝子交換が行われることは有名だ。

「MERSと3X出血熱のウイルスが自然過程で遺伝子組み換えか……」

　岸辺はウイルス同士が感染した細胞の中で、遺伝子交換するイメージを思い浮かべようとしたが、浮かんできたイメージは無機的なスケッチでしかなかった。

　従来のMERSウイルスと3Xウイルスで人為的に遺伝子を入れ替えるのは神がかり的手法であるが、それが自然界で起きたとは岸辺には大きな驚きだった。

　自然の摂理の中で起きた遺伝子交換だ。自然の摂理が要求した遺伝子交換だ。自然が要求した遺伝子交換……、岸辺は脳裏に何かが引っかかっているのを感じた。

　ジャンセンの不安が的中したのだ。

　MERSウイルスのG9サイトに、3X遺伝子が組み換わるの

が最も危険だ。

　ジャンセンはそう言った。彼の恐れていたことが現実に起きたということだ。

　ジャンセンはさらに続けた。
「3X遺伝子は分かれて、いくつかのMERS遺伝子の間に入っているようなんだ」
　G9サイト以外に3Xの遺伝子が組み込まれている？　それは複雑だ……。
　岸辺は瞬間的にジャンセンの話をフォローできなかった。岸辺は遺伝子解析は専門ではなかった。

　ジャンセンの話はさらに込み入っていった。
「ナスビアのコウモリに感染している3Xウイルスだけど、これまでのタイプとは少し異なっている新種のようなんだ。君も知っている通り、アフリカのコウモリの中には、MERSコロナウイルスに感染しているのも多い。MERSと3Xのウイルス同士がハイブリッドを起こす環境にはあるんだね」
　岸辺は厄介な話になってきたと思った。MERSコロナウイルスが感染しているコウモリが多いと……、そこに3Xウイルスが感染するチャンスは多くなる。

　アフリカのコウモリはMERSウイルスが属するコロナウイ

ルスに感染している例が多い。たぶんコロナウイルスの元祖はコウモリが感染宿主となっているのだろう。また3Xウイルスもコウモリ由来と考えられている。

　コウモリ……。日本にもたくさんいるはずだ。夕方がくると一斉に現れてくる。

　アフリカのコウモリは以前には人類が出合わなかった各種のウイルスに感染しているが、それがジャングルの開発とともに人にも感染するようになってきた。

「MERSと3Xのハイブリッドが自然界でできたんだ……」

　岸辺はゆっくりと繰り返した。複雑な話だった。

　ナスビアの奥地のコウモリで新規に見つかった3Xウイルス。やはりMERSに感染していたコウモリにウイルス感染して、すでに感染していたMERSウイルスの遺伝子に自然過程で組み込まれたということだ。

　それはコウモリの体内で両方のウイルスが何度も感染を繰り返す過程でできたものだ。

「そしてその3X遺伝子が加わったMERS変異株が今広がっているということですね……？」

　岸辺は自分でも分かり切っている、最悪の答えをジャンセンに要求していた。

　ジャンセンの返事は深刻だった。

「猛烈にナスビアで広がっている。数百人規模だ。潜伏期間

が長いためか国外へも感染が広がっているようなんだ。WHO
が非常事態宣言を発令するか論議中だけどね」

　WHOは3X遺伝子がMERSウイルスの遺伝子に紛れ込んで
いることは知らない。そこまで危険な事態であるとは知らな
いはずだ。

　あの機内の患者はこの変異MERSに違いない……。
　岸辺は確信した。

「そちらでの遺伝子分析結果は今晩中に出るようだね。また
電話する」

　ジャンセンはそう言ってから、彼としては珍しくグッドラッ
クと言って電話を切った。

　みんなの別れの挨拶がグッドラックに変わっている。

　由紀もやはりグッドラックと言うのだろうか。

　指定されたホテル内のレストランで夕食をとった後、岸辺
は再びベッドの上で眠りに入った。体も頭も疲れ切っていた。

　電話で目が覚めた。
　由紀だった。空港ロビーからのようだ。
「元気よね？」
　受話器に向かって由紀はいつもの明るい声で話しかけてき
た。

空港のざわめきが聞こえる。

夜9時近かった。

岸辺は返事を一瞬ためらったが、

「もちろんだよ」

反射的に虚勢を張った。

由紀への言葉が用意できていなかったのだ。

由紀に不安を与えたくなかった。

結婚して8年間、すべては由紀と共にあった。

情報の集約、海外研究者との連絡、論文の整理、そして何よりも助かったのは、欧米の専門家が驚嘆するほどの英語力だった。

岸辺が作成して、由紀が手を入れてまとめた英語論文は、ほとんど一発で一流誌に採用された。日本人研究者の論文が査読1回で一流雑誌にそのまま掲載されるのは稀なことだ。

「機内で倒れた患者さんのウイルス検査結果は出たのかしら？」

勘の良い由紀は、軽い口調でそれとなく聞いてきた。岸辺の微かな心の動揺を見抜いたようだ。

「乗客は全員検査で陰性だった。咽頭スワブでだけど。もちろん僕も陰性だ」

喀痰検査でなければ確実なことは言えないことを由紀は

知っている。

「良かったわ。倒れた患者さんも MERS 陰性だと安心だけど。診断はまだついてないのね」

　岸辺は患者が3X出血熱疑いもあることが、由紀に知られることを恐れた。しかしその情報は関係者、それも岸辺やパイリスも含めた一部の専門家だけの極秘情報だった。

「ホテルに入ってからまた電話するわ」と言って由紀は携帯を切った。

生物兵器

　夜10時を過ぎていた。

　岸辺は問題点を再び整理し始めた。そして疑問点を明確にして、ジャンセンやパイリスと相談しようと思った。彼らの携帯は夜中でも通じるし、またすぐ反応してくれた。

　ナスビアのコウモリから3X遺伝子が加わったMERSウイルスの変異株が確認された。

　それは、オランダのチームが作製したと考えられた、人工的変異株とは違うとジャンセンは言った。

ナスビアに現れた変異ウイルスはコウモリの体内で3XウイルスとMERSウイルスが交雑し、遺伝子再集合してできた自然変異MERSウイルスだった。

　それがシライフで流行し始め、死者が増え始めた。

　ベッドの上で天井の複雑なレリーフ模様を眺めていた岸辺は、軽いめまいを覚えた。

　自分の頭の中で論理的思考の脈絡が失われているのに気づいたからだ。

　それは考えつかない自然現象だった。

　豚の体内で鳥インフルエンザウイルスが、同時に感染していたヒトインフルエンザウイルスの遺伝子と一緒になり、遺伝子交換が起きる。

　これはいつも警戒されている現象だ。

　しかしコウモリに同時感染したMERSウイルスと3X出血ウイルスの間で遺伝子再集合が起きた。そんなことはこれまで誰も想像しなかったはずだ。

　自然界でそんなことが本当に起きるとは……。

　できあがった変異MERSウイルスはどのような特性を持つのか？

　R国とC国が合体するようなものだろうか。結果を見なければ判断は難しい。

　いや、違う。変異MERSは人類に復讐して、地球を荒らした人類を全滅させるつもりだ。

　変異MERSは、それだけの能力を持ったのだ！

　今、まさにシライフでその変異ウイルスは広がり、多くの死者を出しつつある。岸辺の頭の中で仮説は消えだし、事実だけがその骨格を現してきた。

　何も難しいことじゃない。

　岸辺は呟いた。

「コウモリの体内で2種類のウイルスが遺伝子交換しただけの話にすぎないんだ」

　MERSウイルスと3X出血熱ウイルス。それは現在、最も恐ろしいウイルスの代表だ。人間にとっては最も恐ろしい敵が誕生したのだ。

　それは間違いのないことだ。

　それは事実なのだ。

　コウモリを介して、人類の破滅をもたらす危険性のあるウイルスが作りだされたのだ。

　誰によって？

　自然の摂理だけがそこには存在していただけだ。

　研究室は必要ない。

ジャングルの奥地でウイルス感染は起き、そしてコウモリは変異MERSウイルスを作りだしたのだ。

　そして作りだされたのは変異コロナウイルスの中で、最も危険なウイルスだった。
　人を絶滅に導く……。

　岸辺は両手を頭の下に組んだまま、天井を見つめ、もう一人の自分に言った。
「自然の脅威だ、これは。まさしく自然のなせる業だ。自分がいくら考えても思いつかない業を自然は持っていた」
　岸辺は目を閉じた。
「神のなせる、いや悪魔のなせる業だ」

　岸辺は大きなため息をついた。
　頭の中を言葉が空転しだした。
　それでは我々科学者は何をすれば良いのだ。
　相手は自然の産物だ。
　自然を相手に戦えるのだろうか。

　コウモリ由来の変異ウイルス。
　確率的にあり得ない変異を、自然過程の中で起こしたウイルス。

　そして今、それは爆発的に人に感染し、大多数を死に追い
やろうとしている。

　その脅威は核を超える。

　何とかこの怪物変異MERSウイルスを抑えなければ、世界
の破滅だ。

　岸辺は思い出したように手元の携帯を手にした。

　相手は札幌の大学の山田准教授だ。岸辺が留守のときの責
任者となっている。

「岸辺だけど、どんな感じ」

　それだけ言うと山田はすぐ反応した。

「岸辺先生！　先生の予想通りかもしれませんね」

　山田はそう言って言葉を止めた。余計なことは言わない、

「僕の予想はいくつかあるけど……、ナスビアはどうなって
いる？」

「ナスビアからの報告はまだ出てないですが、昼過ぎには出
ると思います。でもシライフの感染者数が減少に向かい、死
者数が急速に落ちていますが、これは先生の予想通り、主流
株から弱毒性の派生株への置き換わりと読みますか？　もっ
とも次のデータではっきりすると思いますが。主流株と派生
株の比率。これだけ死者数が減少していると、主流株の比率
はかなり落ちているはずですね？」

「派生株かどうかはベーカーのラボが結果を報告してくれる

はずだよ」

　分離ウイルスの遺伝子分析はベーカーの研究室が最も速い。

　ジャンセンは言っていた。
「ナスビアの感染地域は完全に封鎖されている。しかしコウモリの生息地は範囲が広いからね。コウモリはどこにでも広がってゆく……。どこに飛んでゆこうと、それをコントロールすることはできない。もっともコウモリも種類が多いけどね。すべてがMERSや3Xのウイルスを運んではいないだろうが……」

　ジャンセンにしては先が見えない会話だった。

　岸辺は瞬間的に絶望という言葉の中に落ち込みそうになった。そうした自分を励ますかのように、この変異MERS株の先行きを2種類のコースに分けて考えていた。それらを毎日追うことで何らかの希望を見出そうとしていたのだ。

　すでに確立した変異MERSウイルス、さらに変異MERS株から新規に派生された派生MERSウイルス。
　幹の流れにそって主たるMERSウイルスは世界中に広がっているが、その流れの中で、多くの新たな変異株が出現する。多くは遺伝子構造の脆弱性から主流株とはなり得ず、MERS流行の中で藻屑となって消えてゆく。そうした中で派生株と

して多数の感染者を色々な地域で発生させ、強力な流行の枝を作ってゆく新規変異株も出てくる。

　MERSは変異MERSの流れができ、それはかなり太い幹となっているが、そこにさらに新規派生株が現れる。多くの場合は母体となった株以上の強力な株にはならないが、ときとして気がつかないうちに幹部分よりも、かなり大きな感染症となって世界に広がる例もある。

　岸辺と山田は派生株の出現に注目しているのであるが、今のところ、主流株の変異MERSが世界中で一気に増えだしそうな勢いだ。

　ナスビアのウイルスが世界に拡大する。

　それは、時間の問題だ。

　数ヶ月、いや遅くとも1年以内には世界中に広がる。

　それは世界の破滅までの時間を意味しているのと同じだ。

　必要なのは"人類破滅時計"だ。あとどのくらいの時間が我々科学者に残されているのだろう？

　今、自分は何をすべきなのだろう。

　岸辺は思いつめた。

　情報を世界に発信しても、日本国内に発信しても意味はない。

自分はいつも言っていた。情報は隠すものではない、世界で共有すべきものであると。

　でも今、3XとMERSのハイブリッドウイルスが誕生し、急速に世界中に広がろうとしている。

　そうした情報を公開することは、人々が、由紀も含めて、自分たちの死が近づいていることを知るだけだ。

　岸辺がすべきことは世界の破滅を防ぐことだった。由紀の命を救い、日本人の命を救い、そして世界の人々の命を救うことだった。

　どうすれば、この変異MERSウイルスから世界を救えるんだ。

　あのSARSのときは、SARSの危険性を社会に知らせることが自分の役割だと思った。社会全体でSARSに対峙すれば社会はその安寧を保つことができた。

　SARSは防ぐことができた。社会全体でインフルエンザに対峙するように、患者の隔離とその飛沫物を防ぐことで社会を守ることが可能だった。いくら致死率10％の危険性があったとしても、ウイルスを封じ込めることは可能だった。

　そうしているうちにSARSウイルスは自然に変化して、毒性の弱い感冒ウイルスになっていったようだ。

　誰かがどこかでくしゃみをして周辺にウイルスを撒いても、ほとんどの人は何らかの症状すら出さなくなった。

　変化していく前のSARSウイルスはいくつかの研究室の冷凍庫の中に眠っている。

　よほどのことがない限り、SARSウイルスはもはや地球上に出てこないはずだった。

　しかしこの変異MERSは社会全体で対峙しても致し方がなかった。

"防ぐ術がない" のだ。

"空気感染する" のだ。

"初期症状は軽い風邪と区別がつかない" のだ。

"感染の拡大が非常に速い" のだ。

　患者の隔離である程度はウイルスの拡大を遅らせることはできる。

　でもウイルスはその感染力の強さから、わずかな隔離網のほころびからでも世界に這い出していく。いったん隔離網の外に出たなら感染力が80％以上のエネルギーを持ったウイルスは、あらゆる手段を使って世界中に広がる。航空網で潜伏期間内の感染者が地球の裏側に半日で辿り着く。そこでウイルスは感染者を増やして周辺に広がっていく。感染者の数は対数的に広がる。

　変異MERS……。

致死率は90％を超える。ほぼ100％だ。２週間もしたなら人口は明らかに減りだす。いやその前に死者たちの弔いが完全に不可能になる。

死の世界だ。

MERSウイルスの遺伝子と3X出血熱の遺伝子が再集合し、両方のウイルスの特性が一個のウイルス粒子の遺伝子に収まっている。

たたかい

岸辺は由紀から電話が入ることになっているのを忘れていたようだった。

岸辺の両目に涙がにじんでいた。

世界は本当に終末を迎えようとしているのだろうか。

由紀も自分もこの地球から姿を消してしまうのだろうか。

しかし地球は残る。

そしてそのうち新たな人類の繁栄が始まるのだろうか。

携帯に気がついた。

義務感からのように岸辺は携帯に手を伸ばした。時刻は11時を過ぎている。由紀は空港近くのホテルに部屋を見つけた

のだろう。

「パソコンにメールがいくつか届いてますけど、読みました？」

　いつもの歯切れの良い由紀の声だった。

　岸辺はその意味を瞬間的につかめなかった。

「Eメール？」

　そういえば香港に着いてから一度もパソコンを開いていなかった。

　連絡はすべて携帯だけだった。

「オランダのドクター・ベーカーからも届いているわ」

「ドクター・ベーカーだって？」

　ベーカー、ベーカー、その名前が頭の中で反響した。

　半年前いくつかの質問をメールでしたことがあったから、ベーカーは岸辺のメールアドレスを知っている。

「なんでだ？」

　岸辺は言葉につまった。

　ドクター・ベーカーはナスビアの変異株の情報を知らせてきたのだろうか。

　コウモリの中で変異した危険な変異MERSウイルスがナスビアで広がっている、とでも伝えてきたのだろうか。

　もしそうなら何のため……？

岸辺は、日本の新興感染症研究の第一人者であることは国際的に知られていた。

　日本の代表研究者として知らせてきたのだろうか。

　でもベーカーは変異MERSウイルス作製に絡んでいたのではないだろうか……。

　岸辺は首をひねった。

　メールで何を言ってきたのだろう。

　由紀はメールを当然読んでいるはずだ。

　世界が危機に直面していることを知っている可能性がある。

　岸辺は急いでパソコンのスイッチを入れ、ホテル内のWiFiに接続してネットにアクセスした。

　Eメールは多数届いていたが、その中にオランダのベーカーからのものがあった。昨夜、岸辺がドバイから飛び立った直後だ。

「何だって！」

　メールを開いた岸辺の口から驚きの声が漏れた。

「いったん電話を切るよ」

　岸辺は由紀にそう言って携帯を切った。

　ベーカーのメール内容は岸辺が予想していたものとはまったく違っていた。

「ドクター・キシベ！　これは急ぎの連絡です。シライフの病院で広がっているMERSは、ナスビアの3Xの遺伝子が混じっています。致死率は計算不能です。シライフの病院では感染者がほぼ全員死亡しています。」

　ベーカーは知っていた……。

　岸辺は考え込んだ。

　彼はナスビアの3X遺伝子がMERSに組み込まれていることを知っていたのだ。

　彼がそれを行っていたのではないか？

　変異MERS作製を……、そして生物兵器作製を……。

　岸辺はそう考えてきた。

　携帯が鳴った。

　由紀からだった。電話が待ちきれなかったようだ。

「私、あなたの部屋に行くわ。変異MERSウイルスは大変なウイルスなのでしょう」

　岸辺はその言葉で我に返った。

「そんなことはできないよ。このホテルは閉鎖中だからね」

　ホテルには外部から誰も入れない。

　それは由紀も知っているはずだった。

「どうも大変な事態になっているようだ。何とか食い止めな

ければならない。それほど時間的余裕はないと思うけど、ま
だ何かできることがあるように僕は思っている。明朝まで1
人で考えさせてほしい。ジャンセンやパイリスとも相談した
いし。もしかしたら2人とも何か対策を知っているかもしれ
ないけど……」

　岸辺がそう言うと、由紀は分かったわと冷静な言い方をし
た。

　感情が抑えられて論理的思考に切り替わったのかもしれな
い。

　以前から岸辺は由紀の切れの良い論理的思考に助けられて
きた。

　由紀は激しく感情を発露することもあったが、その整理も
早かった。

　感情が爆発した状態で由紀が言葉を発することは極めて稀
だった。岸辺はときどき由紀の中枢には感情が爆発したまま
でも、冷静に論理的思考ができる回路が存在していて、論理
的思考回路が働いている間に、爆発した感情が次第にエネル
ギーを放散させてゆくように感じていた。

　岸辺はとりあえずジャンセンの携帯につないだ。

　どこにいるかは知らないが、いつも携帯は必ず通じた。

　ジャンセンの声は少し遠かった。カイロならば昼食の時間
を過ぎた頃だ。

　ジャンセンには珍しく、少し疲れた声だった。
「ドクター・ベーカーからメールが入った。ジャンセンの方には何か連絡はあった？」
　岸辺がそう言うと、ジャンセンは受話器を押さえて側の誰かと数秒話したようだった。
　そして思いもよらない言葉が返ってきた。
「彼はここに来ている。今、対策を相談している」
　ジャンセンはそう言うと言葉をいったん切った。岸辺の反応を待ったようだ。
　対策？
　ジャンセンはベーカーからすべてを聞かされたようだ。
「対策？」
　岸辺は繰り返した。
　それはあり得るのだろうか。２人の間で、とりあえず急場を凌ぐ方法が見つかったのだろうか。

　ジャンセンは電話を続けた。
「シライフで流行り始めた変異株は、ドクター・ベーカーの作製していた変異株とは異なるようだ。ドクター・ベーカーの保有している株は、従来のMERSウイルスよりも毒性は非常に低いと言ってる」
　岸辺には予想していなかった話の流れだった。
「毒性に関係している3Xが乗ったG9サイトを、他の、人で

は毒性を示さないコロナウイルスの遺伝子に置き換えている。それはワクチン作製を目的とした変異株だと言ってる。実際に２年後にはMERSワクチンは製造可能らしい」

　２年後にMERSワクチン？
　ドクター・ベーカーの研究の目的はそこにあったのか……。生物兵器ではなかった。
　岸辺は混乱した。
　ベーカーはMERSウイルス遺伝子の3X遺伝子が乗ったG9サイトを見出し、低毒性の遺伝子と組み換えていた!!
　それは岸辺には考えられない早業だった。

「でもドクター・ベーカーはシライフのMERS株の遺伝子の中に、よく3X遺伝子を見つけたものですね」
　岸辺は最も気になっていたことを尋ねた。

「彼はシライフのMERS株の２種類の遺伝子の長さが、従来のMERS株の遺伝子に比べて長いことに気づき、増えた遺伝子構造を分析したという」
　ベーカーの発想力も、ジャンセンには劣らない。
　岸辺はジャンセンの話に追従した。
　何か大きな真実が現れる予感がしたのだ。その真実に岸辺は気がついていなかったのか？

「はじめはその長くなった遺伝子は、未知の遺伝子としか言いようがなかったらしい。しかし、念のため最近ナスビアのコウモリから分離されたMERSウイルスの遺伝子と比較したら、まったく同じ結果が出たという」

それを聞いた岸辺は思わず首をひねった。

ナスビアのコウモリが感染していたMERSウイルスと遺伝子が同じだった……。

ジャンセンはさらに続けた。結論を急いでいるようだった。

「ベーカーはナスビアのMERSの感染者の臨床症状を詳細にチェックしたら、なんと3X出血熱の症状がMERSの症状に被さるように存在していたようだ」

3X出血熱か!

岸辺は理解した。

無意識に目を閉じた。

ベーカーの早業だ……。

通常のMERSの遺伝子よりも長いのは、3Xの遺伝子の一部が加わっているためだった。

なるほど……。岸辺はうなずいた。

ベーカーの行為には論理性があった。

ベーカーからの情報は、先にジャンセンがナスビアの変異
ウイルスの情報で得た内容と一致した。
　これで真実は明確に解き明かされた。
　岸辺は何度も頭を振った。
「なるほど……、話はクリアになりましたね」
　続いてジャンセンはゆっくりと結論を出した。
「シライフとナスビアの変異MERSウイルスは起源が同じ、
すなわちナスビア株がシライフに広がっていったということ
なんだ」

　3X出血熱ウイルスの主要病原遺伝子が、コウモリを介して
広がっている。それもMERSウイルスに感染しているコウモ
リの遺伝子と結びついてだ。
　感染力も致死力も強いMERSの遺伝子になぜ3Xが入り込
んだのか？
　それは人為的ではなかったのか？
　岸辺は考え込んだ。

　すべての仕業はナスビアのコウモリ。岸辺はこの結論に頭
を抱えた。
　本当か！　ベーカー……。
　でも、短期間に恐るべきベーカーの仕事量だった。
　ベーカーの仕事は早かった。それはその論文量からいって

も推定できた。

　ベーカー……。遺伝子組み換えの魔術師とまで言われていた彼だからなせる技だったのだ。

　それで何か対策を思いついたのだろうか。

　しばらくして岸辺は尋ねた。

「対策は見つかりました？」

　ジャンセンの口調は重かった。

「ドクター・ベーカーは、その答えを期待して自分の所に相談に来たようなんだが、答えはすぐには出せない。すごく難しい」

「でもシライフにナスビアの変異MERSウイルスがなぜ入ってきたのだろう。誰かが持ち込んだのだろうか。それも意図的に……」

　岸辺は新型ウイルスが生物兵器である可能性をいまだ捨て切れていなかった。

「ナスビアからはシライフに巡礼者が多数航空機で入ってきているからね」

　ジャンセンが答えた。

　確かに、シライフはメッカにも近い。この時期、感染者が多数発生しているナスビアから巡礼者が大量にサウジのジッダを経由してメッカに向かっている。

そう考えるのが自然だった。

「変異MERSはナスビアで相当広がりだしている。サウジでも今後広がるだろう。シライフでは30人の死者が出ていると先ほどWHOから連絡が入った」
　ジャンセンはWHOとも連絡をとっているようだった。

　WHOは無策のはずだ。変異型MERSウイルスが今後も出てくることは予想していただろうが、3Xとのハイブリッドができるとは誰にも考えつかなかったはずだ。
　しかし、3XウイルスもMERSウイルスもアフリカのコウモリが持っていたはずだった。この2種類のウイルスの遺伝子が組み換えを起こすことは、ウイルスの種類が異なるから論理的思考では予想できない。しかし、何度も両ウイルスがコウモリに感染を続けていると、自然の摂理は人の論理を超える。
　WHOの知恵も論理も限界がある。

「米国CDCは知っている？」
　たぶん、CDCは合衆国をいかにして、変異MERSから守るかを考えるに違いないと思った。変異ウイルスはすでに飛び立ち始めているのだ。CDCの役割は合衆国を守ることだった。
　ウイルスが国境を越えて拡大し始めたら、ワクチンを使う

か、抗ウイルス剤を使って感染者を守るしかなかった。しか
し、この変異ウイルスには両方とも存在してない。
「今、大統領とも相談しているようだ。難しい相談だろうね、
この変異MERSには3Xも絡んでいる」
　そう言ってジャンセンはなぜか鼻先で笑ったようだった。
　しかし、その笑いは明らかに自嘲的なものだった。
　自分たちの頭脳を超えた自然の摂理に洗礼を受けた思いな
のだろう。岸辺はそう思った。

「国境封鎖か……」
　岸辺は呟いた。
　それは無理だった。米国の国境をすべて封鎖しても、ウイ
ルス感染者は必ず入ってくる。１人でも十分だった。変異
MERSの威力は１人の侵入者だけで国を滅亡させることが可
能なのだ。もっとも人類が滅亡するまでの時間的推移はある。
その間に何とかワクチンを作製する方法があるかもしれない。
　しかし、それでどれだけの国民が生き残れるか、皆目見当
はつかないはずだった。
　そもそもワクチンで救えるのは、どの程度の数だろうか。ワ
クチン効果が全くない強毒性のウイルスもある。

挑戦

　由紀から電話が入った。

　夜中の１時を過ぎている。

「起きてた？　今、ホテルのロビーよ」

　妙に声が明るかった。

　ホテルに入れた？

　岸辺はジョークだと思った。航空機の搭乗客と乗務員はすべてこのホテルに隔離されている。外部の人間が入ることはできない。

「ロビー？」

　ジョークだ。岸辺は由紀の感情が暴走しだしたのかと思った。

「山城先生も一緒よ」

　由紀の声は子供のはしゃぎ声に近かった。由紀がこのような甲高い声ではしゃぐのは久しぶりのことだった。

「山城先生も？」

「０時に隔離が解除されたようなの」

　そう言うと由紀は携帯を山城に代わった。

「岸辺先生、ホテルは開放されました。つい先ほどですけどね」

　山城の声も弾んでいた。

「例の死亡した患者のウイルス分析が意外と短時間で終わったんですよ。ウイルスは何だったと思います？」

　ウイルスはMERSでも3Xでもなかった？

　岸辺は首をひねった。発症後短時間で急死していた。

「A型インフルエンザです。昨シーズン流行した通常の香港型です。サウジでは現在少し流行っているようですが、あの男性は肺がん治療中だったようで、それもあって急性肺炎を起こしていたようです。ウイルスに関してはMERSも3Xも肺からは見つかってませんね。両方とも検査キットは、米国CDC開発の軍隊用の迅速キットを使いましたから問題はないですね。さらにこれは内密ですが、中国の人民解放軍医学研究所でも最近迅速診断キットを作製してますが、それでも3XとMERSは否定されました」

　山城は一気にそこまで話すと、しばし休んで息を整えた。そして、冗談ぽく残りの会話を続けた。

「岸辺先生、インフルエンザを発症するかもしれませんが、先生の年齢ならあまり症状は出ませんね」

　山城の語調には、先ほどの電話と違い余裕が感じられた。

　二人との電話を終えた岸辺はすぐにパイリスへ携帯をつないだ。

岸辺がホテルのロビーに出られるまでまだ２時間近くはかかるようだった。

　それにしても結果が出るのが早い。

　真夜中ではあったがパイリスはすぐに出た。

「ああ、聞いています。朝の３時には解放される予定になってますよ。しかし、インフルエンザには気をつけてください」

　パイリスの語尾には笑いが混ざっていた。

「しかし、インドネシアの方はさらに感染者が増えているようですね。致死率が９割を超えるというから、やはり変異MERSウイルスでしょう。ウイルス分析はジャカルタの米海軍医学研究センターで行っています。今日の昼には分かるはずです。鳥インフルエンザは否定されて変異MERSであることが確認されるでしょう。死者はバリ島で20人を超えたという極秘情報も入ってます」

　やはりシライフ株に違いない。

　岸辺は確信していた。

「このシライフ株は、サウジ、インドネシア、そしてナスビアで感染者が拡大してますね。これはWHOのパンデミックの定義にあてはまるでしょう。今日、WHOはパンデミック宣言しますかね？　するとしたら、その内容が問題です。致死率90％以上、感染率80％以上、そして空気感染。この情報が世界中に伝えられたら、世界はパニックですよ、間違いなく……。どう発表するか、それが難しい……」

　岸辺は語尾を濁した。

　WHOの判断は今日のはずだった。

「緊急委員会がテレビ会議でこれまで３回開かれていますが、情報が混沌としていることと、極秘情報は事務局長と事務局長補のドクター・ホリにしか伝わっていません。現在のすべての情報を委員会で公開すると、結論はパニックしかないでしょう。正しくドクター・キシベの言う通りですよ。メンバーが論議しやすい情報だけが伝えられているはずです」

　パイリスの話し方は意外と冷静に聞こえた。

「情報を統括しているのはドクター・ホリですね？」

　岸辺は確認した。彼は今、厳しい立場にいる。

　ドクター・ホリはWHOの事務局長補で伝染病の権威、そして元米国CDCの感染症担当部長でもあった。

　日系二世であるから、日本語も流暢だ。

「ドクター・ホリには情報はすべて伝えられていますが、その元締めはカイロのジャンセンと米国CDC長官ですよ」

　CDC長官とジャンセン……。

　それは岸辺には予想外だった。

　ジャンセンとCDCのパイプは太かったが、すべての情報をジャンセンがCDCに流しているとは思えなかったのだ。

　そうした疑問を察知したのかパイリスは話を補足した。

「ドクター・ジャンセンは米海軍医学研究センターにいます

が、米国国防総省とも太いパイプがあります。今回のMERS
に関しては生物兵器の可能性が高いということで、国防総省
の方でもこれまで彼から情報を求めていました。国防総省の
方では、CDC長官と一部の担当者とも情報は共有しているよ
うです」

「米国の情報システムにも詳しいんだ」

　岸辺は感心した。

　香港大は中国政府の支配下にはない。ときどき研究内容に
注文をつけられることがあるようだったが、香港政府はあく
までも大学の自主性を重んじている。

　パイリスは続けた。

「米国もこちら香港のデータを求めてくることもあります。
CDCとは共同研究もしています。もっとも最近は本土の方で
も米国の研究者との情報共有は、盛んのようですね。やっと
政治と科学が切り離されてきたということでしょうか」

　そう言ったパイリスは軽く笑ったようだった。

　性格は明るい。確か母親がイタリア人だったはずだ。

「問題は変異MERSウイルスのシライフ株を世界はどう防ぐ
かだけど……、これは一刻も早くしなければ、我々もいつか
は消え去るかもしれない」

　岸辺は深刻な話をしているにも関わらず、何となく第三者
的感覚になっていた。

　それはパイリスも同じようだった。

　あくまでも科学上の問題を机上で話し合っているといった雰囲気だ。

「猶予期間は半年ありますかね？　いやもっと短いかもしれないか。問題はシライフ株を抑えきる方法論が見つかるかどうかだ……」

　パイリスは考え込んだようだ。

　午前３時を過ぎたことを確認した岸辺は、パイリスとの電話を切って、急いでロビーに向かった。

　ロビーで山城はノートパソコンを見つめていた。何かのデータを調べているようだった。

　由紀はまだ暗い外に目を向けていた。

　ホテルの庭の広い芝生のグリーンが、所々に置かれた明かりでうっすらと映し出されていた。

「助かった！」

　岸辺は用意していた言葉を二人に向かって大袈裟に投げかけた。

　山城は軽く右手を上げて会釈した。

　由紀はいつもの微笑みを口元に浮かべた。

　意外にロビーには乗客たちの姿は少なく、乗務員たちが三々五々手荷物を引きながら出口に向かっていた。慣れた動作だった。

「インフルエンザだったとはね」

　岸辺はそう言って由紀を見つめた。その顔のどこかにまだ不安な影があるのか気になっていた。

「良かったですよ。MERSウイルスも患者の喀痰中で陰性でしたから、とりあえず安心ですね」

　安心という言葉を強調した山城も視線を由紀に向けた。由紀の表情を気にしているようだ。

「でもMERS、広がっているでしょう？」

　表情を変えずに由紀はそう言って岸辺に視線を向けた。

　岸辺はうなずいた。

　今回岸辺は助かったが、直に広がってくる変異MERSで由紀も含めてみんな死に絶えることもあり得るのだ。

「何とかしなくちゃね。そうでなければ我々の存在の意義がなくなる」

　妙に岸辺の言葉はおどけて聞こえた。できるだけ深刻さを打ち消したかったのだ。

　深刻がってどうなる。何かが変わるか。岸辺は内心自分に言い聞かせていた。

　山城は少し驚いたように岸辺の顔に目を向けたが、すぐに相づちを打った。

　それは岸辺が由紀を安心させるための言葉だと判断できたのだろう。

「できるだけ早めにカイロのジャンセンとベーカー、そして
ドクター・パイリスと僕を結んで、テレビ会議を開く。山城
先生、連絡してくれる？　朝が明けてからでいいんだけど」
「作戦会議ですね。情報が色々集まってますから、一刻も早
い方がいいでしょう。ドクター・パイリスは研究室のソファー
で休んでいますから、声をかけたらいつでもＯＫだと思いま
すよ」

　そう言うと山城は窓際によって携帯を取り出した。

「ごめん。ゆっくりできなくて」
　岸辺はそう言って由紀の手を握った。
「そんなことないわ。事態は切迫してるのでしょう。何とか
MERSを抑えなければ大変なことになるのは分かってる」
　岸辺の手を握り返しながら由紀はそう答えた。
　横から見た口元が緊張感のせいか、岸辺には少しこわばっ
て見えた。

ベーカー株

　岸辺はベーカーが作製した、フェレットの実験では毒性が
非常に低いという変異MERSウイルスに注目していた。すな

わちベーカー株だ。

　もし人への感染力が非常に強いとしたなら、シライフ株が世界に広がる前に地球上で流行させることができる。そうしたなら、多くの人々は軽い風邪症状、または無症状でベーカー株に感染し、その後MERSウイルスに対する免疫ができる。たぶん、その免疫はMERSウイルスに属する他の変異株に対しても有効なはずだ。それは毒性に関係ない。

　ウイルス粒子表面の抗原性を決定している遺伝子と、毒性を決定している遺伝子は通常異なる。

　ベーカー株の毒性を極限まで低くして、逆に抗原性を極限まで高くできるならば、岸辺が考える変異ウイルスはできあがる。毒性はG9遺伝子を少し入れ替えて、さらに粒子表面の抗原蛋白を決めている遺伝子の種類を、これまで流行していた感冒遺伝子（コロナウイルスの仲間）のそれと入れ替えるといいのだ。体内にゴロゴロしている感冒コロナに対する抗体に次々と補足されてゆく。

　シライフ株よりも10倍速く感染するが、毒性は10分の1しかない、そんな変異ウイルスだ。

　しかし、岸辺にも一抹の不安は残っている。

　日本全国に1ヶ月足らずで広まり、症状は皆無に近い。

　本当にシライフ株を十分抑えるだけの抗体が、感染者たちの身体内に存在しているのだろうか。人の感冒の発症に関与

してきたコロナウイルスは人が感染して何らかの症状を出す
たびに（くしゃみ、咳、微熱など）、免役は刺激され、抗体産
生が起きている。それは遠い昔からの自然の摂理と言える。

　理屈では可能と考えた。しかし感覚的には大きな不安感が
付きまとう。

　岸辺は、ふと自分の考えは夢物語にすぎないのではないか
と考えることがしばしばあった。

　岸辺はベーカーにその作製したウイルスの人への感染力を
聞きたかった。間違いなくシライフ株よりも速くに世界に広
がるのか。

　そして、そのエビデンスは得られているのか。またはどの
ような実験がなされたのか。

　パイリスの研究室からカイロとネットで回線をつないでテ
レビ会議が開かれた。岸辺、ジャンセン、ベーカー、そして
パイリスと4人だけの対策会議だ。

　人類の存亡がかかっているのかもしれない。4人だけで対
処する問題ではないのかもしれない。

　しかし、岸辺は思った。

　世界中にWHOから事態を公表し、各国に対策を依頼した
ら、問題は解決されるだろうか？　この事態を救うためのア
イディアを出せる研究者はいるだろうか。

　事態を救うということは、変異MERSウイルスの拡大を抑

えることか、変異MERSの特効薬を早急に製造し、数十億人分製造することだ。

　そんなことはできやしないのは、4人には十分分かっている。

　そうして何も対策をとることなしに人類は破滅に向かう。

　岸辺はふと由紀のことを思った。4人の有能な秘書として参加させたかった。

　人類の存亡がかかる対策会議の記録の英語速記だ。対策案がまとまらなかったら、岸辺も由紀も命を失う。いやジャンセンもベーカーもパイリスもだ。

　突然、ジャンセンが指を鳴らしたようだ。

「ドクター・キシベ、君の有能な秘書もぜひ加えてほしい。どうだい。何か良いサジェスチョンがあるかもしれない」

　即座に、オーケーというパイリスとベーカーの声がパソコンから流れた。

　パイリスは教授室から参加している。岸辺は研究室の片隅に置かれている研究者共有のパソコンから参加している。そこに由紀は椅子を運んで自分のスペースを作った。

　由紀の話す英語も滑らかだが、パソコンのキータッチも指の動きがほとんど分からない速さだ。

事実

　ジャンセンがパイリスの研究所に送ったシライフで分離された変異MERS株は、人への毒性が高いことは確実だった。シライフやインドネシアで急速に多数の死者を出している。3X出血熱が加わっていることは間違いはない。今から遺伝子操作でワクチンを作製するには時間的余裕はなかった。それは全員同じ意見だった。ただMERS用に開発された新薬が、もしかしたらシライフ株に効果を発揮する可能性もあった。臨床試験がシライフで始まっているが、パイリスの話だと、効果判定には1ヶ月は要するらしい。

　しかし、ベーカーの作製した株は間違って人の間に広がっても毒性は低く、致死力はゼロに近いとベーカーは明言した。もっともフェレットでの実験でしかそれは確かめられていない。

　本当にその変異株が人に対する毒性が低いかということと、シライフ株以上に人の間での感染力が強いのかが問題だった。シライフ株よりも感染速度が遅ければ、単に余分な変異株を増やしただけとなる。

「ドクター・ベーカー、フェレットでの結果が人での結果をどの程度予知できるか、数値的表現は可能？」

ジャンセンが尋ねた。

　数多くの実験を行ってきているベーカーなら、その数値は、実際には非常に難しいのだが、たぶん答えるだろうと岸辺は思った。

「オランダの研究所で使っているフェレットは、従来種を南アフリカの野生株と掛け合わせたものだけど、まず人での感染実験の結果を十分予知できると自分は考えている。予知する確率は95%を超えるはずだ。これは控えめな数値だ」

　95%以上の確率……。医学的には100%にほぼ等しい。

　ベーカーはフランス語訛りではあったが歯切れ良い英語で答えた。

「先ほど説明してくれたけど、毒性は10分の1以下で、しかし感染力は10倍以上強い……、なるほどね」

　ジャンセンは満足したような言い方をした。

　ナスビアのコウモリを感染源とするシライフ株が世界中に広がる前に、ベーカーの作製した"ベーカー株"が広がったなら、ベーカー株はシライフ株が世界中に感染する前に、世界中の人々にMERSに対する免役を植え付ける。ほとんど無症状のままで。

　ベーカー株の実際の効力をどのようにして確認するか。それが最後まで残された問題だった。

　研究室内での実験データは、間違いなくベーカー株が、シライフ株を抑えることを証明している。

　それがある程度間違いがなければ、ベーカー株は、現在、シライフ株から地球を守る最善の策と考えられた。

　しかし、ある程度の保証しか得られないならば、実行するには不安が残る。

「論文上では、ベーカー株がシライフ株の世界的な拡散を抑えることが、十分示唆された、と書くことは可能です。でも、これは実戦ですから、多少の失敗は許されないと考えるべきでしょうが……、人類を救うための医学的な方法が他にないとしたなら決断すべきでしょう」

　パイリスがゆっくりと言った。

「医学的倫理は？」

　ジャンセンはあえて全員が答えを出せない疑問を口にした。

　岸辺は微かに首をひねった。

「人為的作成ウイルスを我々だけの判断で世界に広げることは、既に倫理の問題を超えていますね」

　岸辺はそう言って、由紀の顔に視線を向けた。

　パソコンで会議録を打ち込む由紀の手の動きが止まった。

　視線が岸辺に向いた。

　なんとなく由紀はうなずいたように見えた。

岸辺もはっきりとうなずき返した。

　ベーカーは人に対する毒性は、通常の感冒ウイルスと同程度かそれ以下である自信はあると言い切った。しかし、人への感染力が今世界に広がりだしているシライフ株よりも、本当に強いかどうかの判断が難しいとのジャンセンの意見は最後まで残った。
　ベーカーはたぶん感染力はシライフ株を軽く超えると思うが、人でのエビデンスはないと言った。
　もしシライフ株よりも感染力が弱かったなら、シライフ株の広がりに負ける。毒性の強いシライフ株の広がりを抑えられないということだ。

　4人の間でしばしの沈黙が続いた。
　しかし結論は出ているに等しかった。しばらくしてから岸辺はその結論を口にした。
「医学的倫理に基づいた論議をしている余裕はないじゃないですか。何もしなければいずれは我々の多くは死ぬだけです。ですから結論は、今、ドクター・ベーカーの保有している変異株を大量に増やして、世界に感染させることしか、人類を救う手段はないということじゃないですか」
　由紀が軽くうなずいた。
　パイリスも即反応した。

「ＯＫ、ドクター・キシベの言う通りだと思う。しかしその
責任は誰も負えません。ドクター・ベーカー作製の変異株が
うまい具合に広がってシライフ株を抑えることを祈るだけで
す。僕はそう思います。成功すると信じますよ」

　パイリスは元々陽気な性格のせいか、言葉に深刻性がない
のが助かる。

「たぶん、ドクター・キシベの発想は正しいよ。うまくいく
と思う」

　ジャンセンが口を開いた。太く重い声だった。

　岸辺の携帯が鳴った。スイッチを切っていなかったようだ。

　岸辺は壁の時計に視線を向けた後うなずき、携帯に耳を当
てた。

　他の３人は少し驚いた表情で岸辺に視線を向けていた。

「札幌の山田君からです。准教授ですが非常に優秀ですよ」

　岸辺は小声で座の人々に告げた。

　岸辺はうなずきながら山田准教授の話を聞いていた。

「えっ、それでナスビアでの感染者数は２日前に比較して半
数以下に減っている？」

　ナスビアでの感染者数が激減しているような話だ。岸辺は
意識的に数値などは大きな声で繰り返した。

　岸辺は、山田にちょっと待ってくれ、と言ってから座に居

並ぶ全員に向かって、

「変異MERSの感染者数が減っているようです。２日前に比較してシライフで60％、ナスビアで70％減少となっています」

パイリスが口笛を吹いた。

ジャンセンが、岸辺が手に握った携帯に向かって、ブラボー！　と叫んだ。

「弱毒性の派生株に置き換わっているんだろう？」

ジャンセンが頬を真っ赤に染めながら叫ぶように言った。

「変異MERSウイルスが産生している新規株は、本来の幹から外れた派生株で、相当弱毒性の遺伝子が産生されたのだろう。G9遺伝子が弱く、感染力も小さい。かなり弱毒性の変異株じゃないかな。第二のSARSになるね、これは……」

ジャンセンが息をつながず一気に語った。

岸辺が後をつないだ。心なしか全員興奮気味だった。

「第二のSARSですか……、そうですね。感染力はほどほど、病原性は非常に弱いようです。死者数が突然ゼロに落ちてますね。変異MERSが弱毒性株に変わったのは間違いはないですね。激しく遺伝子が置き換わっているのでしょう。中国の方で遺伝子分析をしているでしょうから、もう２時間もしたら山田君の方からその分析結果が、KSDLab（岸田ラボ）に掲載されるでしょう。この株はそれほど長くは感染力を維持できないですよ」

岸辺が勝ち誇ったような笑いを満面に浮かべ、由紀に視線

を向けた。

「我々のプロジェクトはどうなりますか?」

　ベーカーが、みんなの顔を見渡しながら、ゆっくりと言った。

「やるべきことはCDCとWHOに内密の許可を得ることだけですね」

　パイリスがそう言うと、ジャンセンの顔を見つめた。

「少なくとも米国の感染対策の中枢と国連の感染症対策の担当部門WHOにも伝える必要がある。もし実行するとしたなら……ですけどね」

　ジャンセンは"ですけどね"のフレーズを強調した。

　WHOはいまだ協議が続いているようだった。

　結論は出せない。十分な情報が緊急会議のメンバーに伝えられていない。現時点で情報をすべて把握できているのはWHO事務局長補のドクター・ホリだけだった。

　ドクター・ホリはジャンセンと親密だ。ジャンセンにWHOとしては何ら手立てはないと告白しているようだった。

　ドクター・ホリの大柄な姿を岸辺は思い浮かべた。

　自信に満ちた表情で、相手を威嚇するかのような視線を質問者に向ける。先のパンデミックインフルエンザのときは、頻繁にWHOに対する批判や非難の矢面に立っていたのを、岸

辺は鮮明に覚えている。

「決行するか、それとも延期するか？」

　そう言った岸辺は、再び携帯を手にした。

「直近の情報を確かめますね」

派生される言葉

　岸辺は由紀と、もっと話し合う必要があると思っていた。

　地球上の人類の運命を決める行動だった。

　でもそれは自分と由紀の運命でもあった。

　成功させなければ自分たちはたぶん死ぬ。

　本音を吐けば、岸辺は由紀と共に生き続けたかった。

　由紀の判断はいつも正しいように感じていた。

　あのSARSを食い止めるために岸辺がとった行動も、最終的には認めてくれた。

「ハノイで死ぬかもしれないのよ。それでも行くのね」

　そのとき由紀は珍しく涙を見せた。

「でも僕はハノイで多くの人々がSARSで倒れていることを知った医師として、今、駆けつけることが義務だと思ってい

る」

　出張先の香港からハノイへ向かうことを電話で伝えた岸辺に、由紀は最後に「死なないで！」とだけ言って納得してくれた。

　しかし今はあのとき以上に過酷な運命を岸辺だけでなく、由紀も地球上のすべての人々も負ってしまったのだ。

　その運命を変えるために、ベーカーの作製した変異ウイルスを地球上に撒こうとしていた。

　それは決して医学的倫理に従っているとは言えなかった。

　しかし、何もしないで〝そのとき〟が来るのを待つのも倫理的ではないはずだった。

　岸辺の選択を由紀に賛成してもらいたかった。医師としての倫理的行動はいつも難しかった。そもそも倫理とは何のために存在しているのかも、現在の状況では分からなかった。

　一握りの専門家たちとWHOの責任者、そして米国CDCの責任者だけで行うこの〝行為〟が倫理的かどうかの判断は誰にもできないのだ。後世の人々がどのように判断するかも岸辺には分からなかった。

　倫理学者も宗教家も、そして何よりもWHOも分からないはずだった。

　だからこそ岸辺は由紀の意見を聞きたいと思った。

　優先されるのは科学的決断しかなかったが、由紀の感性も岸辺は尊重したかった。

ジャンセンは１時間後に結論を出そうと言った。

　もしシライフでの感染者数の減少が確認されたら、ベーカー株を世界に放つことは中止にしようと、ジャンセンは解散前にゆっくりと告げた

　新規に派生された変異株は感染速度が非常に速く、しかし病原性は低いことは現在のデータを分析する限り間違いはなかった。派生株にこれまでの流行株が置き換わっている状況は、もしかすると、かつてのSARSが単なる感冒ウイルスに変化していった過程を辿っているのかもしれない。

　岸辺を含め、４人の研究者は、ベーカーの作製した人為的変異株は投与されることはないと内心信じているはずだった。誰も口には出さないが。

　ジャンセンはドクター・ホリに状況を連絡すると言っていた。

　ベーカーはいつでもベーカー株を使えるように、オランダの研究室に連絡を入れ変異株の量産を指示すると言っていた。人への感染力が非常に強いから、ある程度の量でも世界中に十分感染は広がるだろうとベーカーは断言した。

　空気感染で対数的速さでウイルスは地球上に広がる、ということだった。

トレニアとの誓い

　岸辺は由紀を大学の中庭に誘った。

　色とりどりのトレニア（花瓜草）が芝生のグリーンに艶やかに存在を主張している。

　ベンチに腰を下ろした二人は無言でトレニアを見つめていた。

「このお花、香港に多いのね。昨日のホテルの庭にも植えられていたわ」

　由紀にしては、非常に柔らかい口調だった。

　岸辺はうなずいて由紀の横顔に視線を向けた。

　突然、岸辺の両目に涙が浮かんだ。

　もしかしたら半年もしないうちに、自分も由紀も死に果てるのかもしれない。

　高熱と呼吸困難、そして3X出血熱の症状でもある腸管出血で苦しみながら死ぬかもしれない。

　それが分かっているのなら、爆弾を落としてもらって一瞬で死ぬ方がましかも知れなかった。

　でもだれが爆弾を落とす？

　そのとき岸辺は気がついた。

　自分が、いや自分たちが撒こうとしているウイルスは爆弾

と同じではないのだろうか？

　自分たちが撒くベーカー株の感染速度が間違いなくシライフ株よりも速いとしても、毒性が致死率100％だったとしたなら、その撒いた変異株で人類はみんな苦しみ、のたうち回りながら死んでいくのだ。

　その生物爆弾を投下するのは自分たちなのだ。

　でもベーカー株の毒性が非常に低いことに自分たちは賭けた。そしてシライフ株以上に感染する速度が速いことに自分たちは賭けた。

　人類を救うための生物兵器なのだ。

　岸辺は腕を組んで空を見上げた。

　青空の奥の方から何かが落ちてくるような錯覚を覚えた。

「あなたが信じるなら、私は何も言わないわ。それがものすごく危険なことだとしても、あなたはどちらかを選択しなければならないのでしょう？」

　由紀はそう言って岸辺の横顔を見つめた。

「あなたはいつも医師であり続け、そして私はあなたをサポートする秘書で、そしてパートナーだわ」

　岸辺はゆっくりとうなずいた。

　ナスビアでは、国境なき医師団が3X出血熱に取り組み、多

くのスタッフが命を落としていた。

「僕たちがもし死んだとしても……」

　岸辺は言葉を止めた。

　死という言葉が自分が予期したよりも重く響いた。

　由紀は岸辺の言葉を待ったようだ。

「このトレニアたちは咲き続けるのだろうな」

　数秒してから由紀はうなずいた。

　ウイルスは花には感染しない。

　ただそれを見つめる人々の命を奪うだけだった。

　岸辺は自分たちが行う予定のシライフ株封じ込め作戦を、再度由紀に簡単に説明した。由紀は無言のまま耳を傾けていた。

　話の流れは由紀には大体分かっていた。

　問題はシライフ株の広がりを一刻も早く抑えるために、ベーカーの作製した変異MERS株を世界中に撒く方法だった。

　撒くのは人為的に作製された変異ウイルスだった。

　シライフ株は自然の中で誕生した変異ウイルスだった。それは自然の摂理に従って現れた変異ウイルスだ。

　岸辺たちは自然に挑戦をするのかもしれない。

　自然の摂理の中で誕生した危険な変異株に挑戦する。

　人為的作製変異株を密かに世界中に広げるという行為で。

それはどの程度非倫理的行為なのだろうか……。岸辺には分からなかった。

　由紀は腕時計を見た。
「もう戻らなければいけないわね」
　由紀の目元に微笑みが漂っていた。
「倫理って何なのかしら。これは倫理を超えた世界の話かもしれないわ」
　そう言って由紀は立ち上がった。
「来年もトレニアに会いに来ましょう、香港に」
　由紀は思考の流れを大きくジャンプした。由紀にしてみたら珍しいことだった。
「待って！」
　岸辺は由紀を呼び止めた。
　由紀は振り向いた。岸辺が携帯の画面を見つめていた。
　携帯を持つ右手が微かに震えていた。
　由紀も岸辺の持つ携帯を覗き込んだ。
　ナスビアとシライフの感染者から分離されたウイルスの遺伝子配列が表になって掲載されている。端の方にKISIBE.LAB JPと表の記載研究所名が書かれている。
　岸辺の研究室だ。
「山田君がまとめて表を作ったんだ」
　岸辺が興奮気味に説明した。

「AランクからEランクまでウイルス分離地域での表だけど、Aランクはナスビアで、変異MERSウイルスから枝分かれしたA. B. 1. 88I遺伝子が全体の8割占めている。後の遺伝子はすべて1割以下の比率だ。Bランクはシライフだけど、最も比率の高い遺伝子は、ナスビアと同じくA. B. 1. 881だけど、比率は6割弱だ。この遺伝子は主にG9遺伝子座に組み込まれてゆくけど、非常に支配力が弱いことで知られている。これがG9遺伝子座に収まってくると、細胞自体の生存期間が非常に短くなってくる」

「ということはナスビアとシライフの変異MERSウイルスは寿命が短いということになるのね。もしかしたら1週間以内に、これらの遺伝子を持つ感染細胞は消えてゆく……、ということになるのね」

岸辺は由紀の顔を見つめてゆっくりとうなずいた。

由紀の両目には涙があふれていた。

「私たち、いや、地球上で今生きている人たちは助かるのね」

岸辺はうなずくと、携帯の画面を変えた。

直近3日間の感染者発生推移曲線が現れた。山田准教授と院生たちが作製したグラフだった。

A. B. 1. 881遺伝子を多く保有する地域の感染者数は、この2日間だけで相当数減っているようだ。

「このA. B. 1. 881遺伝子は人類の味方って言えるんじゃない⁉」

由紀の声も興奮からか震えた。

「自然の摂理を垣間見ている感じだね。このまま変異MERS
細胞が消えていっても、世界中で数千人の人々が既に亡く
なっている。ある意味ではこのA. 8. 1. 881遺伝子の出現は、
変異MERSを抑えるために自然が用意していた摂理なのかも
しれない」

　岸辺がそう語ると、気丈な由紀が再び備え付けの椅子に座
り込み、大きなハンカチで顔を覆った。

「由紀！　本当に頑張ってくれた。夕べも寝ていないのを知っ
ている。部屋に戻って何もかも頭から解放してしばらく寝て
いるといいよ。そのうち僕が迎えにいく」

　岸辺は立ち上がった由紀の肩に手を添えて、本館への通路
に向かった。

エピローグ

　ジュネーブの朝は早い。

　レマン湖のほとりをドクター・ホリはゆっくりと歩いていた。

　ふと立ち止まると、湖面に漂う数羽の白鳥を見つめた。

　１羽が飛び立とうとしていた。

　ドクター・ホリは視線をジュネーブの空に向けた。

　しばらく空を見つめ続けた。

　今日も快晴だった。

　先ほど香港のドクター・キシベから送られてきたメールを思い出していた。

「コロナは全て安全な派生株に置き換わりそうです。自然の摂理は人類を見捨てはしないようです。人類も自然が支配している世界に生きていることを、多くの人々は忘れているのかも知れません。この安全な変異コロナ派生株は感染しても、病を引き起こす原因とはならないようです。自然の摂理の素晴らしさに、我々は改めて感謝すべきですね」

ドクター・ホリはゆっくりとうなずきを繰り返した。

　……自然の摂理を超える科学技術はない。スペイン風邪も２年後には弱毒化した。

　先ほど飛び立った白鳥はローザンヌ方向へ向かったようだ。

了

【著者紹介】

外岡立人 （トノオカ・タツヒト）

1944 年生まれ。
医学博士。専門は小児科学・公衆衛生学。
1969 年北海道大学医学部卒業、79 年から 81 年まで、ドイツのマックス・プランク免疫生物学研究所に所属。
帰国後、市立小樽病院小児科部長を経て、2001 年より 2008 年まで小樽市保健所長。
05 年 1 月よりウェブサイト「鳥及び新型インフルエンザ海外直近情報集」を主宰。
インフル及びパンデミック関連の著作が多いが、ほかに数冊の小説を出版。

異聞　変異コロナ

2023 年 5 月 31 日　第 1 刷発行

著　者　　外岡立人
発行人　　久保田貴幸

発行元　　株式会社 幻冬舎メディアコンサルティング
　　　　　〒151-0051　東京都渋谷区千駄ヶ谷4-9-7
　　　　　電話　03-5411-6440（編集）

発売元　　株式会社 幻冬舎
　　　　　〒151-0051　東京都渋谷区千駄ヶ谷4-9-7
　　　　　電話　03-5411-6222（営業）

印刷・製本　中央精版印刷株式会社
装　丁　　弓田和則

検印廃止
©TATSUHITO TONOOKA. GENTOSHA MEDIA CONSULTING 2023
Printed in Japan
ISBN 978-4-344-94509-8 C0093
幻冬舎メディアコンサルティングＨＰ
https://www.gentosha-mc.com/